D+

dear+ novel

Kamisama, Douka Romance wo・・・・・・・・・・・・・・・・・・・・

# 神さま、どうかロマンスを

彩東あやね

新書館ディアプラス文庫

# 神さま、どうかロマンスを

contents

illustration：みずかねりょう

# 神さま、
# どうか
# ロマンスを

KAMISAMA,
DOUKA
ROMANCE WO

いったい何をどうすれば両足の骨が折れるという事態になるのだろう。緒方遥《おがたはるか》は険《けわ》しく眉間《みけん》に皺《しわ》を寄せ、ベッドに横たわっている男を見おろす。

「遥、ほんまごめん。いやな、マンションの階段からうっかり転げ落ちてもうて。たまには運動でもしよかってエレーベーター使わんかったのが運の尽きやわ。せやけどうちの嫁さんが落ちるよりマシやろ？　なんてったって腹んなかには二人目がおるわけやし」

聞き慣れた関西弁だが、今日は無性に腹が立つ。両足ギプスという情けない格好でへらへら笑うこの男――三木《みき》は、緒方と同期入社の同僚だ。

高校進学を機に上京して七年後、入社試験の会場で三木と再会したときにはおどろいた。実は緒方と三木は同郷で、小学校から中学校までをともに過ごした仲である。まさか三木と同じ会社で働き、同じように年齢を重ね、互いに三十歳になろうとは。いつの間にか標準語を話すようになった緒方とは対照的に、三木はいまでも関西弁を使う。

決定的にちがうのは、三木が家庭を持っている点だろう。五年ほど前に同い年の女性と結婚し、現在一児の父である。

「お前、馬鹿だろ。うっかり階段から転げ落ちる三十男なんか見たことねえよ」

頭を打たなくてよかったなとか、しばらくゆっくり休めよとか、慰めの言葉をかける気は毛頭《もうとう》ない。緒方は眉間の皺をさらに深くする。

「とりあえず車椅子で出社できるんだろ？」

「できひん、できひん。当分入院や」

「じゃ、ほふく前進で」

「あほか。会社に着く前に腹がずる剝《む》けになるっちゅうねん」

ここまでは冗談だ。

「だったらお前がやってるプロジェクト、誰が引き継ぐんだよ」

「遥しかおらへんやん」

「やめてくれ、俺はやらないぞ」

起床して早々、会社から電話で三木の仕事の引き継ぎを打診されたときは、目の前が真っ暗になった。それも三木本人が熱望しているという。ひとまず返事は保留にし、「三木を見舞ってきます」とタクシーに飛び乗った。

「何度でも言う。俺はぜったいにお前のプロジェクトは引き継がない」

緒方、そして三木は、セールスプロモーションを手掛ける会社『SIDE・B』で、プランナーとして働いている。

三木がチームリーダーとして進めていたプロジェクトは、一言で言うとワインの販売経路の開拓だ。クライアントは三木と緒方の故郷でもある町の農園・松島《まつしま》ファーム。生食《なましょく》用のぶどうを栽培、販売するなか、その過程ではねられたぶどうをワインに加工しているらしい。

ただしワインの生産量に限界があるため、クライアントとしては国内外で手広く販売するつもりはないようだ。どちらかというと、ワインを宣伝材料にし、生食用のぶどうの増収《ぞうしゅう》を図《はか》りたいのが本音なのだとか。

なかなかやりがいのあるプロジェクトだと思う。

とはいえ、緒方はチームリーダーとして関わっていた別のプロジェクトを終えたばかりだ。プロジェクト進行中は満足に昼休憩もとれないし、休日出勤もざら。自宅に仕事を持ち帰ることも多い。だからプランナーはプロジェクトが終了するごとに五日間の休暇をとることができる。今日はその休暇の初日だったのだ。

「実はな、三木。俺は明日からバリ島でバカンスなんだよ。だから仕事がしたくてもできない。悪いな」

「ほう、バリ島か。せやったら飛行機のチケット、見せてくれへんか?」

にへらと笑った顔で言われ、一瞬固まった。あやうく逸《そ》らしかけた視線を三木に戻し、平静を装《よそお》って言い放つ。

「んなもの、いちいち持ち歩いてねえよ。お前に見せる道理もないしな」

「そないなこと言うて、ほんまは出社するつもりやったんとちゃうか? お前、休暇の買い上げを会社に申請《しんせい》してるやろ」

なるほど、抜かりなく調べているということか。

確かにバリ島行きは大うそだ。緒方の休暇の買い上げ申請はすでに通っていて、休暇は今日一日のみ。明日からは普段どおり出社する。

仕方なく別の逃げ道を探していると、三木がずいと顔を寄せてきた。

「もしかして、クライアントが地元の農園ってのが嫌なんか?」

思ってもいなかったことを訊かれてしまい、「まさか」と目を丸くする。

緒方は家庭環境が複雑だったので、実家とは距離を置いている。だから地元にはもう何年も帰っていないのだが、それとこれとは話が別だ。

「農園の所在地なんか関係ねえよ。俺にとっては少し知ってる町ってくらいで、それ以上でもそれ以下でもないしな」

緒方が正直に答えても、三木は探るような目つきをやめようとしない。

「ほんまのほんまか?」

としつこく訊かれ、さすがにため息が出た。

「いちいち深読みするなって。俺がどうでもいいって言ったらどうでもいいんだよ」

本当に問題はそこではない。

緒方にとって、越えようにも越えられない大問題——それは三木がリーダーをつとめているプロジェクトが、アルコール関係だということだ。

「あのなあ、三木。俺が酒が飲めないこと、お前だって知ってるだろ?」

「飲み会のときは飲んでるやん。下戸《げこ》ちゃうやろ」

「あれはただのポーズだよ。一口二口なら飲めるけど、グラスで一杯近くは無理なんだ。ろくに酒も飲めないやつがワインのプロモーションなんてできると思うか？　俺がクライアントなら、飲めるプランナーにしてくれってまちがいなくぶち切れるね」

プロモーションの方向性を考えるマーケティングプランナーも、キャッチコピーや販促資材のデザインを考えるクリエイティブプランナーも、『SIDE・B』では一括《いっかつ》して『プランナー』と呼ばれている。

細かく担当分けできるほどスタッフがいないのでオールマイティーな働きを求められているわけだが、緒方が大手の広告代理店の内定を蹴《け》って『SIDE・B』に就職したのも、自分の可能性を無限に試せるおもしろさがあると思ったからだ。

だから『SIDE・B』でいう『チームリーダー』とは、大手広告代理店でいうところの『AE』に等しい。すなわち、クライアントの意向を拾い上げ、プロジェクトを統括《とうかつ》する、アカウント・エグゼクティブ——。

それを考えると、酒もろくに飲めないプランナーが、ワイン関係のプロジェクトに途中から参加し、なおかつプロジェクトを統括するリーダーになるというのは、緒方のなかではありえない。

「とりあえずサブリーダーをリーダーに引きあげてやれよ。それが筋だろが」

「サブは入社二年目のやつなんや。仕事はできても若すぎる。リーダーにはまだできひん」

「はあ？　なんでそんな若いやつをサブにしたんだよ」

「せやから仕事ができるからや。若手でいちばん優秀やねん。お前もいっしょに仕事してみたら分かるわ」

「だったらサブのサブは誰なんだ」

「そんなもんおらへんわ」

三木はぴしゃりと言い放つと一転し、「なあ――」と情けない声を出す。

「下戸ちゃうんやったらええやんか。プロデュースの方向もとっくに決まっててん。ただトップに立つ男がおらへんいうだけや。大丈夫やて」

「そういう話ならなおさらだ。サブのやつをリーダーにしてやれば済むだろが」

「だーかーらーっ、時期尚早《しょうそう》やて言うてるやん。他のメンバーから不満が出るわ。どっからどう考えてもお前が適任なんやて」

これほど三木が強引なのは初めてだ。緒方の仕事ぶりを認めているからこそなのかもしれないが、今回ばかりはどうしても首を縦に振れない。

仕事にはストイックに取り組む。それが緒方のモットーだ。

会社に細かな服装規定はないものの、緒方は季節を問わず必ずスーツで出社する。もちろん寝癖つきで出社したことはないし、黒髪を染め変えようと思ったこともない。若手のプランナーに檄《げき》を飛ばすこともしょっちゅうなので、鬼の緒方と恐れられていることも知っている。

冷徹で強くて完璧な男――緒方が目指しているのはそこだ。

しかし、緒方には三木にも言えない秘密がある。鍵となるのはアルコール。それ以上のことは緒方自身にも分からない。

「まじで勘弁してくれよ。酒は本当に飲めないんだ」

「大丈夫やて。一口二口なら問題ないんやろ？　十分やんか。試飲《しいん》用のボトルはチームのみんなで空《から》にしてもうたから、俺が自腹で遥の分、買《こ》うたるよ。誰にも邪魔されんところで、ちろっと舐《な》めてみたらええやん。な？」

三木に拝《おが》むようなポーズをされたとき、病室の引き戸をノックする音が聞こえた。

緒方が振り向いたのと同時に引き戸が開き、「あら」と声を上げて三木の妻が入ってくる。三歳になる息子もいっしょだ。

「緒方さん、わざわざ来てくださったんですね。ありがとうございます」

「とんでもない。仕事のことで話があったものですから」

「両足を骨折だなんておどろかれたでしょう？　この人、マンションの踊り場で息子と戦隊ごっこをしてたんです。私も呆れてしまって……」

なるほど、そういうことだったのか。

ちらりと三木を見ると、ばつの悪そうな顔でそっぽを向いていた。

戦隊ごっこの末、父親は階段から落ちて骨折。息子は無事。逆ならおおごとだ。どうせ日頃の運動不足がたたって、とてつもなく無様な落ち方をしたのだろう。馬鹿と罵《ののし》って大正解だ。

「おい、祐太《ゆうた》。緒方さんにおはようございますって言わなあかんやろ」

きっと居心地が悪くなったにちがいない。三木が突如《とつじょ》、父親然として息子に促《うなが》す。

「おはよう、祐太。久しぶりだな」

祐太は三木に似ず、引っ込み思案で人見知りの気《け》がある。緒方が声をかけると、祐太はひとしきりもじもじしたあと、聞きとれるかどうかの小さな声で「おはよ……」と返す。

これが幼少時代の緒方なら、まちがいなく父親に頰を叩かれていただろう。けれども三木のなかでは合格ラインに達していたらしい。祐太を手招きしてベッドに呼び寄せると、「よう言えたなぁ」と頭を撫でまわす。

父親としての三木はそう悪くない。家族といるときの三木はいつも顔をくしゃくしゃにして笑っている。なんだか眩《まぶ》しく感じてしまい、じゃれ合う二人から視線を逸《そ》らす。

「緒方さん、コーヒーを淹《い》れますからどうぞそのままで」

「ああいえ、お気づかいなく。俺はこれで」

三木の妻子がいるところで、さすがに毒は吐けない。「ま、大事にしろよ」と三木に言い、病室をあとにする。

――本当は分かっていたのだ。会社に打診された時点で逃げ道などないことは。

憂鬱《ゆううつ》なやりとりのせいで汗をかいていたらしい。病院を出た途端に肌寒さを感じ、ぶるっと身震いをする。

もう十月上旬だ。そろそろ冬がやってくる。冬はあまり好きではない。クリスマスに年の瀬、そして正月と、独り身には堪《こた》える行事が多すぎる。それでもがむしゃらに仕事をしていれば、さびしさを忘れられるだろうか。

パンツのポケットに両手を突っ込み、くすんだ空を見上げる。長いため息が出た。


翌日、緒方は正式に三木のチームのプロジェクトリーダーに任命された。

もはや腹をくくるしかない。上司に渡されたメンバー表を片手に鼻息荒くデスクにつく。

チームは所属部署のような扱いではないので、プロジェクトが立ちあがるごとに編成される。今回のようにチーム外からリーダーを引っ張ってくるのは異例だが、二つ以上のチームを兼任したり、ヘルプとしてプロジェクトの途中から加わるパターンなら日常茶飯事だ。

今回の三木のチームメンバーは、緒方を除くと五人。どのプランナーとも過去のプロジェクトで関わったことがある。そこそこ気心が知れているのでやりにくいことはないだろう。

メンバー表から視線を外しかけたそのとき、サブリーダーの欄にある、仁科《にしな》という名前が引っかかった。

(うん？　確か仁科は産休中だったはず……いや、待てよ。入社二年目の若手というと、もし

かして――）

眉をひそめたとき、デスクに人の影がかかった。

「緒方さん、おはようございます。松島ファーム・ワインプロジェクトでサブをやらせていただいている仁科です。本日からどうぞよろしくお願いします」

目の前に立つ男を認識した途端に心臓が跳ね、咄嗟《とっさ》にジャケットの左胸を掴む。

実は『SIDE・B』には、仁科という名字のプランナーが二人いる。緒方が最初に思い浮かべた仁科は、付き合いの長い女性プランナーのほうで、目の前にいる男は若手のホープ、仁科涼介《りょうすけ》だ。

（こ、こっちの仁科かーっ）

事前にサブリーダーのフルネームを聞いておけばよかったと悔いてもいまさら遅い。もし早い段階で仁科涼介がサブリーダーだと分かっていれば、三木の前であれほど往生際《おうじょうぎわ》の悪いゴネ方はしなかっただろう。

動転したのを悟《さと》られないように咳払《せきばら》いをしてから、「よろしく」と応《こた》える。

仁科は軽く頭を下げると、流れるような手つきで資料らしいファイルを差しだしてきた。

「クライアントの情報とプロジェクトの概要をまとめたものです。お手隙のときに目を通していただけると助かります。それから一度ミーティングの場を設《もう》けていただきたいのですが」

「ああ、だな。十分後に顔合わせをしよう」

「ありがとうございます。他のメンバーには俺のほうから声かけしておきます」

仁科はもう一度緒方に頭を下げると、自分のデスクに戻っていく。

一八〇センチを優に超える背丈だ。緒方もそう低いほうではないのだが、仁科にはかなわない。彼が新卒で入社してきたとき、不覚にも釘《くぎ》づけになってしまったことがよみがえる。

――いい男だなぁ。

仁科を見かけるたび、何度そう思ってきたことか。

バランスのとれた男らしい体軀《たいく》。学生時代に水泳をやっていたようで、服の上からでも整った体つきだということがよく分かる。にもかかわらず、体育会系の男くささとは無縁で、顔立ちはすこぶる甘い。

すっと切れ上がった眉尻と対照的な下がり目がどことなくセクシーで、仁科のほうから「お疲れさまです」などと言われようものなら、頰の産毛《うぶげ》がざわつくほどだ。少し長めの鳶色《とびいろ》の髪に二十代らしさを感じるものの、仕事中の横顔はどこまでも真剣で、浮《うわ》ついているところは見られない。

一度でいい、チームメンバーとして関わってみたい。

緒方が常に願っていた相手が仁科涼介だ。しかし運が悪いのか、はたまたタイミングが悪いのか、一度も同じチームになったことがない。おかげで同じ会社に在籍しているというのに、挨拶《あいさつ》以外の言葉を交わしたことがほとんどないのだ。

（やばいぞやばいぞ、仁科がサブかよ。テンション上がるな）

くっと唇を一文字に引き結びつつ、心のなかではにやにや笑う。

もちろん、恋とは思っていない。

相手が同性だろうが異性だろうが、人目を惹く容姿をしていれば、誰しも「おっ」と思うだろうし、目で追うこともするだろう。その程度の感情だ。

ただ——。

もし自分が仁科と同じ二十代だったなら。

きらきらと花のような笑顔を振りまくことができて、なおかつ男ではなく女だったなら。

胸に秘めた想いのほんのひとかけらでも、仁科に伝えることをしたかもしれない。

——というようなことをちらりと思ってみたりするので、やはり恋なのだろうか。

（ま、悩んでも報《むく》われることは生涯ないしな。そんなことよりも、仕事仕事）

渋々受けたプロジェクトリーダーだったが、仁科がサブなら話は別だ。

同じチームになったからには、挨拶以上の言葉を交わすことも増えるだろう。堂々と話しかけることもできるし、二人きりで残業なんてことにもなるかもしれない。今日以降のことを想像し、知らず知らずのうちに頬がほころんでいく。

（おっと、まずい。気持ち悪い上司になるところだった）

逸《はや》る心をしかめっ面《つら》でコーティングし、ファイルを持ってデスクを立つ。

読んでいるうちに時間を忘れては困る。一足早くミーティングルームに向かい、まだ誰もいない室内であらためてファイルを広げる。

とはいえ、緒方は自分の関わっていないプロジェクトでも、常に進捗《しんちょく》状況を確認している。いつどんな形でもヘルプに入れるようにというのがひとつ、もうひとつは純粋に興味があるからだ。

特に三木のプランニングはずば抜けておもしろい。

もし緒方が最初からこのプロジェクトに関わっていたなら、松島ファームのある関西地方を中心にワインの販路を拡《ひろ》げる方向で考える。いまさら国内の市場に参入するのは難しいからだ。なおかつワインの生産量に限界があるというのなら、地元産と銘打《めいう》って、地元の客と観光客にターゲットを絞《しぼ》るのが最善かつ無難だろう。

一方、三木がターゲットに据《す》えたのはアジアの富裕層だ。

芸術品に近い日本の高級果実は、近隣国でも人気が高い。生食用のぶどうなら鮮度の問題が立ちはだかるが、ワインならクリアできると考えたにちがいない。

なるほどな、とひとりうなずきながらファイルをめくる。

ただのワインなら、世界の主要産地のものにはかなわない。しかし『マスカットを始めとする高級果実を使ったワイン』なら、セールスポイントになる。そしてアジアの国々は、日本のぶどうが高級果実だということを知っている。

海外での知名度が上がれば、おのずと国内でも話題になるだろう。クライアントの希望どおり、ワインを広告塔にして生食用のぶどうを売ることもできるだろうし、ぶどうの出荷《しゅっか》が終わる晩秋以降は、ワインを主力に据えることもできる。短期間で結果の出るプランニングではないものの、うまく軌道に乗せることができれば、クライアント独自の販売経路——ホームページや直売所などを介してさばくより、売上はアップするはずだ。

そのために成功させせないといけないのは、十二月の中旬に香港で開催される、ワインと蒸留酒のコンベンションへの出展だ。アジアの国々だけでなく、ヨーロッパからの出展も多いらしい。昨年の来場者数は約二万。ブースはすでに獲得済みとある。

なかなかやりがいのあるプランニングだ。

にっと笑ってファイルを閉じたとき、仁科がミーティングルームにやってきた。

「すみません、遅かったですか?」

「いや、俺が早かっただけだよ」

仁科はほっとした様子で微笑《ほほえ》むと、緒方のとなりの席につく。

ほどなくして他のメンバーたちもミーティングルームにやってきた。「三木がしばらく入院するため、リーダーを張ることになった。よろしく」と簡単に挨拶を済ませ、さっそく進捗状況を聞く。

「現在はワインの外装《がいそう》とラベルのデザインを煮詰めているところです。海外のバイヤーが相手になりますので、和を意識したデザインでいこうと考えているんですが、あまり和を強くすると野暮ったくなってしまうので調整中です。とりあえずサンプルを発注していますので、近日中に確認できるかと」

仁科がデザイン案を緒方に差しだす。

和モダンと和風が合わせて十パターン。どれも微妙にテイストがちがっていておもしろい。クライアントである松島ファームにも都度《つど》確認をとっているようで、堅実な仕事ぶりがうかがえる。

「了解。サンプルのできあがりが楽しみだな」

コンベンションで配布するパンフレットやリーフレット、ブース用の資材を担当しているメンバーにも進捗状況を尋ねたが、おおむね順調のようだ。特に指摘出しの必要な箇所《かしょ》も見当たらない。

緒方がミーティングを切り上げようとしたとき、山本《やまもと》という名のプランナーが挙手をした。

「緒方さん、ワインのテイスティングをしますか？　給湯室の冷蔵庫に試飲用のボトルがあるんですよ。開栓済みなんで風味は落ちてるかもしれませんが」

予期していなかった言葉を聞き、すっと頰が強張《こわば》る。

試飲用のボトルはメンバーで飲みきったと三木は言っていたが、どうもまだ残っているらしい。

「今日はやめておく。三木が俺宛《あて》に現物を送ってくれることになってるんだ。いつ開けたか分からないものをテイスティングしてもしようがないだろ」

「でもまだ届いてないんですよね？」

山本が眼鏡の奥の目をぱちぱちさせる。

「とりあえず飲んでみたらいいんじゃないんですか？　味の雰囲気くらいは分かると思いますし、チーム内で試飲がまだなのは緒方さんだけですよ？」

山本は緒方の一年あとに入社してきた男だ。体格はひょろりと細長く、やけにレンズの大きな眼鏡をかけている。繊細《せんさい》そうな見た目に反してずけずけと発言する性格で、緒方の地雷を踏んでくるのはたいてい山本だ。

――こいつ、いつかぜったい蹴りまわしてやる。

常日頃から思っているものの、今回ばかりは的を射《い》た指摘なので何も言い返せない。

緒方が黙り込んだのを山本は了承したという意味に受けとったのだろう。「ボトル、持ってきます」と妙にはしゃいだ声で言い、後輩のプランナーを連れてミーティングルームを出ていく。しばらくして山本はワインボトルを、後輩のプランナーはグラスを手にして戻ってきた。

「…………」

赤と白とロゼ。それぞれのボトルに残っている量はわずかでも、三本合わせるとグラスに一杯はありそうだ。終業後ならともかく、一日の業務が始まったばかりの時間帯に飲めるような量ではない。

「山本。俺は飲まねえって言っただろ。新品の味から確かめたいんだ」

「どっちからでもいっしょでしょ。残しててもしようがないので、試飲ついでに片づけちゃってください。まずは赤からいきますね」

問答無用とばかりにグラスにワインをそそがれ、焦《あせ》ってしまった。

「待て待て待て。酒はあまり得意じゃないんだよ」

思わず言うと、山本はワインをそそぐ手を止め、あからさまに目を瞠《みは》る。

「ええっ、緒方さんって下戸でしたっけ？　飲めないのにうちのチームリーダーになったんですか？」

「お、お前――」

ミーティングルームがしんと静まり返る。

きっと他のメンバーも、多かれ少なかれ山本と同じ疑問を抱いたにちがいない。皆一様に戸惑った表情をして、緒方が反論するのを待っている。

（やばいぞ、これは……）

まさか空調の整ったミーティングルームで脂汗《あぶらあせ》をかくはめになろうとは思いもしなかった。

ワインに一口も口をつけずにこのプロジェクトに参加することは、野球のグローブもろくに持ったこともないくせに、試合に出るようなものだ。それもエースとして。許されるわけがない。

「いや、酒は好きだ。ただ、普段は量を控えているだけで――」

「なんだ、びっくりするじゃないですか。はい、赤ワインからどうぞ」

山本がからりと笑い、緒方にグラスを差しだしてくる。

拒《こば》もうにも理由が見つからない。仕方なく受けとり、グラスにそそがれた赤ワインをじっと見つめる。

酒は好き――この言葉は本当だ。ビールを始め、酎《ちゅう》ハイ、日本酒、ワイン、ハイボール、何でも飲めるし、うまいとも思う。

問題は、酔ったという自覚のないまま、いとも簡単に記憶が飛ぶことだ。

緒方が初めて酒を飲んだのは、大学二年の夏休み。実家に帰省したときだ。座敷に集まっていた親戚たちに「遥くんももう二十歳なんだから」と執拗《しつよう》にビールを勧《すす》められ、恐る恐る酌《しゃく》を受けたのを覚えている。

正直なところ、それまではアルコールに対していいイメージを持っていなかった。二言目にはお前は長男だの跡継ぎだのと口うるさい父親が、酒を飲むとさらに口うるさくなり、緒方を正座させて「男子たるものは――」とくどくどと説教を垂《た》れる。物心ついた頃からそんな日々を送っていたので、アルコールを嫌悪《けんお》するのも当然だろう。

けれど一口ビールを飲んだとき、衝撃が走った。

暑い日に飲む炭酸飲料よりもうまい。舌どころか全身の細胞が興奮し、歓喜に沸き立つような感覚。酒ってこんなに美味《おい》しかったんだと知ると、止まらなかった。

勧められるままに飲んで飲みまくり——気がついたときには、緒方は素っ裸。誰のものかも分からない浴衣《ゆかた》の帯でぐるぐる巻きにされていて、座敷には髪も服もぼろぼろにした大人たちが伸びていた。

あとから聞いた話によると、緒方は自《みずか》ら服を脱ぎ捨てたらしい。それどころか、全裸で座敷机の上ででんぐり返しをするわ、女体盛《にょたいも》り風に体の上に刺身を並べて、「食え」と周囲に強要するわ、欄間《らんま》にしがみついて懸垂《けんすい》を始めるわと、とてつもない醜態《しゅうたい》をさらしたようだ。大人たちは好きに騒ぐ緒方を浴衣の帯で縛《しば》りつけ、なんとかおとなしくさせたという。

話を盛りすぎのような気がしないでもないが、目覚めたときの座敷の惨状《さんじょう》を思い返すと、緒方がひどい酔い方をしたのは本当なのだろう。

だからといって、酒の味を知ってしまった二十歳の男子が「もう二度と酒は飲みません」と誓うわけがない。東京の自分のアパートに帰ってから、さっそくひとりで缶ビールを開けたのが二度目の飲酒だ。

一本目は一気に飲み干し、上機嫌で二本目のプルタブを開けたところまでは覚えている。

そこから先の記憶はない。

意識が明瞭になったのは、夜明け前。なぜか知らない、緒方は一糸《いっし》まとわぬ姿で、アパート近くの水のない側溝《そっこう》に横向きになって挟まっていた。

人はおどろきすぎたとき、思考が固まるらしい。緒方はしばらく側溝に身を横たえ、瞬《まばた》きだけを繰り返していた。なぜ裸なのか。なぜこんなところに挟まっているのか。考えても考えても答えが見つからない。誰にも通報されず、本当によかったと思う。

それにしても、まさか缶ビールを一本飲んだくらいで記憶をなくしてしまうとは。

脳に問題があるのか、肝臓に問題があるのか、小難しいことは分からない。分かることはただひとつ。自分は酒に弱いだけでなく、相当酒癖が悪いということだ。ここに来てようやく自覚し、青ざめた。

とはいえ、大学生ともなると、新歓コンパに打ち上げと、多々あるイベントにいちいち酒が絡《から》んでくる。頑《かたく》なに不参加を貫《つらぬ》きつつも、禁酒して一年が経《た》つと、たまには皆でわいわいやりたい欲がこみ上げてきた。

思いが募《つの》った末の三度目の飲酒は、友人の部屋で鍋パーティーをしたときだったと思う。

「実は俺、酒癖が悪くってさ」

正直に伝えた緒方に、友人たちは皆、「俺もだよー」と笑ってくれた。

それがまさかのまさか、宴《うたげ》の翌朝に「お前とは二度と飲まない！」と全員から怒り口調で言い渡されるとは。やはり緒方は全裸で喚《わめ》いたり暴れたりと好き放題なことをやらかし、酒宴《しゅえん》の席を修羅場《しゅらば》に変えてしまったらしい。

それ以降、酒の誘いがピタリとなくなった。ごくごく稀《まれ》におもしろがって飲み会に呼んでくれる友人もいたのだが、たいてい一度きりで終わってしまう。

いったい酒に酔っている自分は何を考え、何をやっているのか。

記憶がきれいに飛んでしまうので、緒方には何も分からない。けれども友人関係を見事に崩《ほう》壊《かい》させる何かだと思うと、酒を飲みたい欲がなくなった。

酔うほどにはぜったいに人前で飲まない。——いや、飲んではいけない。

そう心に刻み、現在に至る。

だから、ミーティングルームにいる五人が五人、緒方がワインに口をつけるのを待っている状況など、ピンチ以外の何ものでもない。

動悸《どうき》がし、こめかみにうっすらと汗が滲《にじ》む。

「実はその……」

酒を飲むと記憶が飛ぶんだよ。

素っ裸になるのがデフォルトで、座敷机で前転したり、欄間で懸垂したり、たまには側溝に挟まってみたりして。俺は全然覚えてないんだけど、大学時代にいっしょに飲んだやつらからはきれいに疎遠《そえん》にされちまってさ。ようはかなり周囲に迷惑をかけるタイプってことだよ。だから悪い、社内でワインの試飲はできない。

——と、頭を下げるのは、自らの口で黒歴史を暴露するようなものだ。

ぜったいに言いたくない。

「風邪、なんだよな」

気がついたときには、そう言っていた。

「昨日から調子が悪いんだよ。喉《のど》が痛くて、頭もずきずきするし。あ、寒気もするな。こんなときにワインなんか飲んだら、たぶん俺、倒れるんじゃないかな」

手にしていたグラスを置き、額に手を当ててみせる。

ミーティングルームにいる全員が、ぽかんと口を半開きにしているのが見えた。

「そんなに体調が悪かったんですか？　いつもどおり、ピンピンしてるように見えるんですけど」

相変わらず山本は無遠慮にものを言う。

ここでむっとするわけにはいかない。ゆるゆると首を横に振り、「俺だって無敵じゃないしな」と細くため息をつく。

「鬼のかく乱かぁ。……だったら仕方ないですね。これ、どうしましょう？」

「いまさらボトルには戻せないだろ。皆で飲んでくれ。開栓して何日経過してるのか知らないが、風味や香りの変化を確かめておくことも必要だろう」

方々で「やったぁー」と上がる声を聞き、ほっとした。鬼のかく乱という一言が引っかかったが、もはやどうでもいい。

ただひとり、仁科だけが心配そうな表情で緒方を窺う。

「薬、飲みました？」

「え？　……ああ、いや」

「飲まなきゃ治らないですよ。俺、風邪薬を買ってきます。喉の痛みと頭痛と寒気でしたっけ？　あ、軽くつまめるものもいりますね。空《す》きっ腹に薬を飲むのはよくないですから」

仕事と関係ない話を仁科と交わしたのは初めてだ。間近なところにある端整な顔にうろたえ、鼓動が跳ねる。

「わ、悪いな。じゃ、栄養ドリンクも」

「了解です」

仁科は山本たちに「ドラッグストアに行ってきます」と声をかけ、ミーティングルームを出ていく。三つのグラスをジャンケン勝負で争っている彼らは、仁科の背中におざなりな返事をしただけだった。

これにて一件落着——とはいかない。

プロジェクトの鍵となるワインだ。これを飲まずして仕事をしようとは思わない。

だからといって、ひとりきりで試飲するのは不安が募る。気がついたときにはマンションのエントランスですっぽんぽんでした、では洒落《しゃれ》にならない。誰かひとりでいい、信頼できる人間に側《そば》にいてもらえたら——。

ごくりと唾を飲み、空席になってしまった真横の席を見つめる。

長身で体格のいい仁科なら、緒方がどんな状態になっても止められるだろう。真面目な男だということは、仁科の作成したファイルを見ればよく分かる。緒方の体調の心配をしたのも仁科だけだ。たとえ緒方が酔った挙句の醜態をさらしてしまったとしても、仁科ならおもしろおかしく同僚たちに言いふらすような真似はしないはず——。

何よりも相手が仁科なら最高だ。

誰にも邪魔されない場所で、仁科と向かい合って酒を飲んでみたい。

そこまで考えて、かっと頬が赤らむのを感じた。目敏《めざと》く気づいたらしい山本が、グラスを片手に「あれ？　発熱しちゃってます？」とおかしな日本語で訊いてくる。

「お前はいちいちうるさいんだよ。味の感想、ちゃんとメモっておけよ」

——誘えるだろうか。六つも年下のイケメンを。

——いや、仕事だ、仕事。俺には仁科を誘う理由がちゃんとある。

弱気と強気の狭間《はざま》で心が揺れる。思考を組み立てている段階で緊張することなどそうそうない。緒方は両手で髪をかき上げ、じっと宙を見つめた。

＊＊＊

「……さむっ」

オフィスビルを出た途端に夜の風に頬を撫でられ、仁科《にしな》は思わず首を竦める。

季節は日に日に冬へと向かっているようだ。ついこの間まで半袖《はんそで》でちょうどよかったのが懐かしい。あと一月《ひとつき》もすればコートとマフラーをクローゼットから引っ張りだすことになるだろう。秋はいつも駆け足で過ぎていく。

（あー、今晩何食おう。コンビニ弁当も飽きたしなぁ）

駅に向かって歩きだそうとしたとき、後ろのほうから「仁科」と名を呼ばれた。

はっとして振り向き、帰宅モードがきれいに吹き飛ぶ。乏《とぼ》しい明かりのなか、小走りになって駆けてくるのは、プロジェクトリーダーの緒方《おがた》だ。

やり残した仕事でもあっただろうか。「もう上がってくれていいぞ」という緒方の声かけで、仁科はオフィスを出たのだが。

大急ぎで記憶の巻き戻しをはかる仁科とは裏腹に、側《そば》にやってきた緒方は言葉を探すかのように視線を低いところに漂わす。どことなく普段とはちがう様子に戸惑っていると、緒方が意を決したように顎《あご》を持ちあげる。

「途中までいっしょに帰ってもいいか？」

あやうく、はい？　と訊き返すところだった。

言葉自体も意外なら、たったそれだけを言うのに躊躇《ちゅうちょ》する素振りを見せる緒方も意外で、思わず目の前の顔を見つめてしまう。少し遅れて「構いませんよ」と答えると、緒方はほっとしたのか、笑みらしいものを頰の辺りに浮かべてみせる。

「三分ほど待ってくれ。自転車をとってくる」

「自転車？」

「俺、自転車通勤なんだ」

言うが早いか、緒方が踵《きびす》を返す。

しばらくしてスポーツタイプの自転車を押しながら戻ってきた。

「知らなかったです。緒方さんって自転車通勤だったんですね」

「電車だと待たなきゃいけないだろ？　嫌なんだ。混雑するのも嫌いだし」

駅までの道のりを緒方と並んで歩く。それだけのことなのに、鼓動が強く重いものに変わっていく。となりにいるのは他の誰でもない、鬼の緒方。脳裏《のうり》にちらつく異名《いみょう》が仁科を緊張させる。ほんの数分前まで帰宅モードだったのでなおさらだ。

緒方本人は、鬼の緒方と呼ばれていることを知っているのだろうか。自分にも他者にも厳しく、仇《かたき》でも倒すかのように仕事を片づけていく姿からついた渾名《あだな》らしい。

実際緒方がリーダーをつとめるプロジェクトはどれもこれも進行が早い。もちろん綻《ほころ》びはいっさいなく、クライアントからの評価も上々だ。機会があれば緒方の下で働きたいと思っていたものの、なぜかまったく縁がなく、今回ようやく願いが叶ったことになる。

仁科にとって緒方はもっとも気になるプランナーだ。

ただし、緒方の仕事ぶりと同じくらい、緒方本人にも興味を持っている。

切れ長な眸《ひとみ》に、癖《くせ》のない黒髪。細身のスーツを好んで身につけるせいか、涼しげな顔立ちが際立ってみえる。決して華のあるタイプではないのだが、身のこなしや仕草で人の目を惹きつける。

ゲイでもない仁科が惹きつけられたくらいだ。総務や経理の女性スタッフたちも緒方の魅力に気づいているようで、「緒方さんってかっこいいよね」「彼女とかいるのかな」と、こっそり囁き合っているのを何度も耳にしたことがある。

にもかかわらず、緒方に近しい女性プランナーたちからは、いっさいそういう声は聞こえてこない。

見た目はともかく、性格のほうはあきらかに難アリだからだ。

もともとおっとりしたタイプではないのだろう。緒方には、温厚《おんこう》の『お』の字すら見当たらない。眉間《みけん》には常に皺《しわ》を寄せていて、虫の居所が悪いときは、半径五メートル四方に凍《い》てついたオーラを漂わせる。

「あれが鬼モードだ、気をつけろ」

入社して間もない頃、先輩プランナーの山本《やまもと》に耳打ちされたことがある。

なるほど、きれいな顔をしている分、怒ると凄《すご》みが増すのか。――それが緒方の第一印象だ。

もったいないよなぁ。仁科はいつも思う。

きれいな人なのにもったいない。

なぜそんなに周囲と距離をとりたがるのだろう。『俺は気難しくてとっつきにくいぞ』と背中に貼り紙をし、仕事をしているようなものだ。

――緒方さんは、眉間にも鼻筋にも皺を寄せないほうがぜったいいいですよ。

――俺、入社したときからきれいな人だなって思ってたんです。

いつかそう伝えてみたい。酒の力を借りてでも言ってみたい。一瞬にして鬼モードのスイッチの入った緒方に、思いきりぶん殴られるかもしれないが。

「どうした。何がおかしい」

むっとした声で突っ込まれてしまい、慌てて「なんでもありません」と首を横に振る。

「外装《がいそう》のサンプル、どれもきれいな仕上がりでほっとしました。A案かC案で進めたいと思ってるんですよね。松島《まつしま》さんに確認してみないと分かりませんが」

雑談のネタが思いつかず、とりあえず仕事の話を振ってみる。

「あまり先走るなよ。クライアントがA案C案以外を希望したら引っくり返る。アプローチポイントを考えてから話をつめたほうがいい」

「ですね。考えておきます」

しまった、これでは会話が終わってしまう。

相手が相手なので何を話せばいいのか分からない。そもそも緒方は何を思って自分を追いかけてきたのだろう。ちらりと真横に視線を走らせたとき、ふいに思いだした。

「風邪、治りました？」

そう、これを訊いておかなければいけない。三日ほど前、仁科はミーティングの終わりに風邪薬と栄養ドリンクを買いに走ったのだ。緒方のために。

「あ……おかげさまで」

「よかった。大事にしてくださいね。最近冷えるようになりましたから」

ちょうど地下鉄構内への出入り口が見えてきた。特に実のある会話ではなかったが、五分少々で交わす言葉というとこんなものだろう。

「すみません、俺、こっちなので」

階段に人差し指を向けると、緒方がはっとしたような表情をする。

何か言いたいことでもあるのかもしれない。緒方の言葉を待つつもりで足を止めると、緒方のほうも足を止める。

「ワインの試飲《しいん》のことなんだけど」

「ああ、はい。三木《みき》さんから届きました？」

「まあ、無事に」

緒方はなぜかそこで口を噤《つぐ》み、目を伏せてしまう。

不自然な沈黙に包まれた。

（…………？）

よかったですね、と返して会話を終わらせるところだったのだろうか。何も言わない、動きもしない緒方に困惑していると、緒方が小さく唾《つば》を飲んだのが分かった。

再び二つの眸が仁科をとらえる。

「いっしょにその、試飲をしてくれないか？」

心のなかで、はい？　と訊き返し、ゆっくりと瞬《またた》く。

ともに松島ファームのワインの試飲をしてほしい——言葉の意味は分かったが、ここまで言い淀《よど》む理由が分からない。

「もちろん構いませんよ。明日でも明後日《あさって》でも緒方さんの都合のいいときで。場所はミーティングルームでいいですか？　他のメンバーにも声をかけておきますね」

てっきり、よろしくと返ってくるかと思いきや、緒方はまたもや目を伏せる。

「いや……できたら社外で、お前と二人きりがいいんだけど」

「——」

聞きまちがいかと思い、すぐに返事ができなかった。

会社ではないところで二人きりでテイスティングがしたい、これはいったいどういうことなのか。他のメンバーを排除する必要性も分からないし、仕事絡《がら》みの試飲を社外でしたがる心境も分からない。

返事に躊躇していると、キッと顔を上げた緒方に「んだよ、嫌なのかよ」とつめ寄られてしまい、ますます混乱した。

「あ、いえ、ちょっとびっくりしたので」

「ご、誤解するなよ、俺はかなり酒癖が悪いんだ。人前じゃ飲めないし、飲みたくない。ミーティングルームなんかで飲んだら大変なことになるからお前に頼んでんだっ」

赤らんだ顔でまくしたてられても、やはりよく分からない。

緒方が下戸《げこ》でないことは知っている。飲み会には滅多《めった》に顔を出さないものの、毎回欠席というわけでもない。仁科が入社したときの歓迎会ではビールを手にしていたし、去年の忘年会では三木がオーダーした中国酒を「一口くれ」と横からさらっていたのも見ている。とりわけ変わった乱れ方もしていなかったのに、いったいどう酒癖が悪いというのだろう。

(も、もしかして……)

試飲はただの口実で、プライベートな時間を共有したいだけ。

そう聞こえてしまう、この耳がおかしいのか。

「ええっと、だったら俺の部屋で飲みますか？」

まさかこの答えが最善なはずはない。不安半分、期待半分でぶつけたところ、緒方は顔をしかめるどころか、愁眉《しゅうび》を開き、「いいのか？」と訊いてくる。

最善だったことを知り、目を瞠《みは》る。

見えない何かで胸の真ん中を撃ち抜かれた気がした。

「俺のほうは全然……緒方さんさえよければいつでもどうぞ。ひとり暮らしなので」

「だったら土曜の夜に邪魔しても構わないか？　冷えてるものを試飲したいから、お前の家にワインを転送したいんだけど」

「ええ、どうぞ。宅配ボックスがありますので時間指定はいりません」

緒方が「よかった……」と息をつく。

実はアルコールはかなり苦手で、ほんの少しの量でも記憶が飛んでしまうのだとか、飲み会や接待のときは飲んでいるふりをしているだけだとか、緒方が言い訳めいたことを歯切れ悪く続ける。

ちらちらと地べたに視線をさまよわす姿が意外で、話の半分も頭に入ってこなかったが。

「時間は何時にしましょう。八時くらいでいいですか？」

「ああ、八時でいい。……悪いな、いきなり変な頼みごとをして」

「いえ、俺でよければいつでも」

「助かったよ。ありがとう」

緒方は「じゃあ土曜の夜八時に」と念を押すと、くるりと自転車の向きを変えた。

どことなくばつの悪そうな顔をして「俺、本当はあっちなんだよ」と、いま来たばかりの道をさす。

「え、ええ?」

リーダークラスのプランナーを無駄に歩かせてしまったことに愕然《がくぜん》としたが、緒方のほうはなんとも思っていないらしい。「また明日な」とめずらしくやわらかな表情で手を上げる。どうやら仁科を試飲に誘いたいがためにここまでついてきたようだ。

忙《せわ》しなく胸を打つこの鼓動をどう受け止めればいいのだろう。

仁科はぼんやりと立ち尽くしたまま、雑踏に紛《まぎ》れていく緒方の後ろ姿を見つめていた。


約束の土曜日――。

仁科はあきらかに緊張している自分を感じながら、キッチンのカウンターに置いてある時計を確かめる。午後七時五十四分。そろそろだろう。時計から視線を外した直後、インターフォンの音が鳴る。

(来た……!)

ひとつ唾を飲み、玄関前を映すモニターを覗く。緒方が黒のジャケットに黒のパンツという隙のない出《い》で立ちで、ドアの前に立っている。

緊張をほぐすために息を吐き、ゆっくりとした足取りで玄関に向かう。

鍵を開け、ドアを押し開く。

「お疲れさまです。迷いませんでしたか?」

「ああ」

うなずく緒方はいつもと同じ仏頂面《ぶっちょうづら》で、眉間の皺も健在だ。そんな顔のまま、手にしていた紙袋をぬっと仁科に差しだす。ワインに合いそうなオードブルが入っていた。

「ありがとうございます。用意してくださったんですね」

「別にたいしたもんじゃねえよ」

ぶっきらぼうな口調もいつもと変わらない。なんだか拍子抜《ひょうしぬ》けして、二度も三度も瞬いてしまった。

――いっしょにその、試飲をしてくれないか?

――できたら社外で、お前と二人きりがいいんだけど。

たどたどしい言葉で緒方に誘われたときは、てっきり試飲はただの口実で、本当は二人きりになりたいだけなんじゃあ……と深読みしてしまったが、あれは単に口下手から来る挙動だったのかもしれない。

(参ったな。あの日の緒方さんに思いっきり撃ち抜かれたんだけど)

微苦笑を洩らしてから、すでに揃えてあるスリッパを「どうぞ」と勧める。

仁科の借りているマンションは単身者用の１ＬＤＫなのでたいして広くない。とりあえず緒方をリビングのソファーに案内し、仁科自身はカウンターキッチンに立つ。

　実は仁科もつまみになるものがあったほうがいいだろうと思っていたので、いくつか用意していた。といっても、クラッカーにチーズや生ハムをのせたものや、魚介《ぎょかい》のカルパッチョなど、簡単に作れるものばかりだ。緒方が夕食を食べていない場合も考えて、バゲットとローストビーフ——これは市販のものだが——も用意している。

　それらを緒方が買ってきたものと盛り合わせ、リビングのローテーブルに並べていく。

　ソファーに腰をかけていた緒方が、わずかに目を瞠るのが分かった。

「悪かったな、お前も用意してくれてたんだ」

「気にしないでください。どれもすぐに作れるものばかりですから」

「自分で作ったのか？」

「ええ、自炊派なんです。平日はコンビニ弁当ばかりですけどね」

「へえ……うまそうだな」

　ぽつりと聞こえた呟きがうれしくて微笑んだとき、緒方がいまだにジャケットを着ていることに気がついた。

「すみません、すぐにハンガーを持ってきます」

　踵を返しかけた仁科を、緒方が腰を浮かせて止める。

「気にしないでくれ。俺は脱がないから」

「……はい？」

　ふつうはこちらが預かるものだと思うのだが、緒方は「いいんだ」とやはり首を横に振る。よく見ると、シャツの下にハイネックのTシャツも着ているようだ。襟元《えりもと》からちらりとグレーのネックが覗いている。

「もしかして緒方さんって寒がりですか？」

「まあ……そうだな、寒がりだ」

　本当に？　と訊き返すのも変な気がして、納得したふりをする。とりあえずハンガーだけはクローゼットから持ってきて、「使いたくなったら使ってくださいね」とカーテンレールに引っかけておく。

「さて、始めましょうか」

　一応支度は整った。三木から緒方、緒方から仁科に送られた松島ファームのワインは、冷蔵庫のなかにある。ほどよく冷えた赤と白とロゼの三本を取りだし、グラスとともにローテーブルの上に置く。

　緒方は仁科が引き継ぎのときに作成したファイルを持参していた。それを膝の上に広げ、片手にはボールペン、仕事のときと何ら変わらない顔つきだ。

「どれからテイスティングしてみます？」

「まずは赤からいこう」

「了解です」と応えて栓《せん》を抜く。すぽんと小気味のいい音がした。

二つのグラスに赤ワインをそそぎ、ひとつを「どうぞ」と緒方の前に置く。けれども緒方はなかなかグラスを手にとろうとしない。不自然に強張《こわば》った表情でじっとグラスを見つめている。

「緒方さん?」

「俺、酒癖が悪いことは言ったよな?」

「ええ、はい」

「俺がおかしな言動をし始めたら、何がなんでも止めてくれ。ぶん殴って縛りつけてくれても構わない。頼みの綱《つな》は仁科、お前だけなんだ」

真剣な表情で言われても、おかしな言動というのが想像できない。「はあ」とおざなりな返事をすると、くわっと緒方が目を剝《む》いてくる。

「んだよ、きっちり約束してくれよ。飲むのが怖くなるだろ」

「そう言われても、ボーダーラインがどこなのか分かりませんから。あ、もちろん止めますよ?　暴れられても困ります」

慌てて答えると、緒方は顎に手をやり、何やら考えるような仕草をしてみせる。

「ボーダーラインは……そうだな、ジャケットだ」

「ジャケット?」

「俺はぜったいに脱がない、そう決めてここに来たんだ。だからジャケットのボタンを外し始めたら酔ってると思ってくれ」

「じゃあ、暑くなっても脱がないってことですか？　素面《しらふ》な限り？」

「ああ、脱がない。ぜったいに」

強い口調で言い切られ、思わずまじまじと緒方を見てしまった。

ジャケットなど簡単に脱いでしまって当然のものだと思うが、本人がボーダーラインだと言い張るからには、何か理由があるのだろう。「分かりました」と仁科がうなずくと、緒方は安心したらしい。「悪いな、難しい注文をつけて」と申し訳なさそうに目をしばたたかせ、やっとグラスに手を伸ばす。

「深みのある赤だな。香りも……うん、悪くない」

緒方が赤ワインを口に含み、飲みくだす。

「うーん、味はいたってふつうだな。美味《おい》しいといえば美味しいが、海外のバイヤーを食いつかせるほどのインパクトは感じない。ボルドー産にはかなわないんじゃないのか？」

「やっぱり緒方さんは飲める口ですね。実は三木さんも同じことを言ってました。もともと松島ファームでは、濃色種《のうしょくしゅ》のぶどうはほとんど栽培してなかったそうです。ワインを醸造《じょうぞう》するようになってから、栽培面積を増やしたとかで」

「本末転倒じゃねえか。じゃ、白が本命ってことか」

緒方は資料の余白に何やら書き込みながら、空いている左手で白ワインをそそいだグラスを引き寄せる。

「あ、これはうまいな。マスカットの香りがする」

「でしょう？　生食用《なましょく》に栽培しているぶどうも、マスカット系ばかりだそうです。俺はマスカットというとアレキサンドリアくらいしか知らなかったんですが、かなり品種が多いんですね。生でも食べられる完熟のぶどうが原料というのは、セールスポイントになるんじゃないでしょうか」

言いながら、仁科も白ワインを口にする。

香りが豊かで口当たりもいい。チーム内で試飲会を開いたとき、瞬く間に減っていったのが白ワインのボトルだ。

「なるほど、白をメインに据《す》えたほうがよさそうだな。ワイン用じゃなくて生食用のぶどうでここまで美味しいワインが作れるなんて知らなかったよ。やっぱり試飲してみないと分からないことってあるんだな。香りもいいし、女性のバイヤーに受ける気がする」

「ロゼも飲みやすくて好評だったんですよ。松島ファームではロゼが売れ筋らしいです」

次はロゼをそそいだグラスを緒方に渡す。

「へえ、きれいなピンク色をしてんだな。味は……ん、めちゃくちゃ甘い」

「これも女性に受けそうな気がしませんか？　色もかわいいですし、極甘口なのでアルコールの苦手な方にも飲みやすいかと」

「確かにな。……ま、俺はもう少し辛口のほうが好きだけど」

緒方は苦笑すると、口直しのつもりなのか、赤ワインをそそいだグラスに口をつける。

「ボトルサイズはこれだけか?」

「ええ。三本とも七五〇ミリリットル入りの一種類です」

「ふうん。二〇〇くらいのミニボトルがあってもいいと思うけどな。特にロゼ。この甘さならお前の言うとおり、アルコールが苦手でも飲みやすいだろう。だけど七五〇はでかいよ、買いづらい。ものは試しのつもりで買うんなら、ミニボトルのほうが手を出しやすくないか?」

「あ、それはあるかもしれませんね」

「ミニボトルなら生ぶどうといっしょに箱づめしても紙器《しき》にそう負担がかからないだろうし、案外ぶどうと抱き合わせて売れるかもしれないぞ。コンベンションが成功したら提案してみるか、来シーズン用に」

最後のほうは独り言だったのかもしれない。緒方は仁科の相槌《あいづち》も待たずに語り、ボールペンを滑らせる。

「つまみも食っていいか?」

「ええ、どうぞ」

テーブルにいくつも並べた皿を緒方のほうに寄せてやると、緒方はまずレーズンバターをのせたクラッカーを口に放り込む。そして赤ワインを一口飲み、「ああ」という深いうなずき。何が「ああ」なのか分からなかったが、緒方本人は得心《とくしん》がいったようだ。またメモをとり、今度は自身の持参したサーモンのマリネをつまむ。

「お前も食ってみろよ。コンベンションのときに添えるつまみも考えなきゃならないし」

緒方に勧められ、仁科もつまみとワインをひととおり口にする。

「うーん、やっぱり無難なのはクラッカーでしょうか。鮮度の心配もいりませんし、のせるものをとりどりにすれば味に変化をつけられます。だけど塩気の強さが引っかかりますね。ロゼには合わないような気がします」

緒方がロゼとクラッカーの味を確かめてから、「あー、だな」と顔をしかめる。

「海外で提供しやすくて、なおかつワインの邪魔にならないものをっていうと難しいな。他のメンバーに課題として伝えておこう。月曜は朝イチでミーティングだ」

「了解です」

「ああそれから、近いうちに松島ファームに挨拶に行こうと思ってるんだ。急にリーダーが交代になっただろう？　顔も見せずに電話とメールでプロジェクトを進めていくのは気が引ける。悪いが付き合ってくれ」

「分かりました。日程が決まったら教えてください。同行します」

すっかり仕事モードの緒方にあおられ、仁科も細かくメモをとっていく。

場所こそ見慣れたリビングでも、なんだか二人きりで残業をしている気分だ。ワインがあってつまみがあって、緒方がいる。こういう残業なら楽しいかもしれない。諸々を書きつけながらグラスを引き寄せようとしたとき、いきなり「あつっ」と緒方に叫ばれた。

火傷《やけど》をするようなものはリビングに置いていない。

顔を上げると、手うちわで首筋をあおいでいる緒方と目が合った。

「お前、平気やの？　めっさ暑いやん。冷房入れてくれへんか？」

「――――」

唐突に変わった緒方の口調にうろたえる。

これは冗談の類《たぐ》いなのだろうか。まじまじと緒方を見ていると、「なんやねん」と凄《すご》まれた。

眉間にはいつもより深めの皺が刻まれていて、切れ長の眸もすっかり据わっている。はっとしてワインボトルに目をやる。きっと仁科がメモをとっている間に飲んだのだろう。いつの間にかどのボトルも半分以上空《から》になっていた。

「もしかして緒方さん、酔ってます？」

「は？　酔ってへんわ。まだ素面の域やで」

いったいどの口でそれを言うのか。確かにジャケットのボタンはひとつも外されていないが、どこからどう見ても酔っている。

（ええっと、どう止めたらいいのかな。だけど暴れられてるわけじゃないし――）

仁科が考えている間にも、緒方は柄の悪い巻き舌で「暑いっちゅーねん」と繰り返す。眉間にも鼻筋にもギッと皺を寄せ、まるでブルドッグのような形相《ぎょうそう》だ。けれどほんのりと色づいた目許《めもと》のせいで、怖いどころか色っぽい。

「ちょっと待っててください、冷房ですね。すぐに入れます」

ラグから立ちあがり、夏の終わりから棚に置きっぱなしになっているリモコンをとりにいく。

そういえば、緒方は三木と同じ関西地方の出身ではなかったか。社内ではきれいな標準語を使っているのですっかり忘れていた。もしかして、仕事中は標準語、プライベートでは関西弁というふうに使い分けているのかもしれない。

(かわいいなぁ、なんやねんだって。緒方さんの関西弁、初めて聞いた)

忍び笑いをしながら、エアコンのスイッチを入れる。

「もう少ししたら涼しくなると思います。しばらく我慢してくだ――」

言いながら振り向くと、緒方の体勢が変わっていた。

普段の緒方ならたぶんありえない、ソファーの上で大の字だ。

試飲を始める前の怜悧《れいり》な表情はかけらもなく、ジャケットのボタンもいつの間にか外されている。そんな格好であくびをひとつし、何を言うかと思えば「焼きそば食いてえ」だったので、ぎょっとした。

「焼きそば、ですか。……あったかな」

ぽりぽりと耳裏をかいていると、緒方が「焼きそばー！」と叫びながらソファーから転げ落ちた。びっくりして駆け寄ったものの、落ちたのではなく移動だったらしい。緒方はラグの上に寝そべると、陽だまりでまどろむ猫のような表情をする。

もしかしてここで眠るつもりなのだろうか。

「あの、よろしければジャケットをお預かりしましょうか？　皺になってしまいますので」

戸惑いながら肩に手を触れたとき、緒方がカッと目を見開いて飛び起きた。

なぜこのタイミングで体を起こすのか。おかげでゴンッという大きな音とともに額《ひたい》と額がぶつかり、たまらず「いっ……」と呻《うめ》いてうずくまる。

「俺は脱がへんぞっ。天地が引っくり返っても脱がへんっ。決めてるんや！」

目を剝いて怒鳴られてしまい、思わず尻だけで後ずさる。

いったいジャケットを脱ぐとどうなるというのだろう。見られて困るようなシャツでも着ているのだろうか。緒方が頑なに守ろうとしているものがさっぱり分からず、ため息をつく。

「俺はジャケットが皺になると困るんじゃないかなと思って言ってるだけです。そんなに脱ぎたくないならもう言いません。どうぞいつまでも着ていてください」

やれやれと思いながら疼《うず》く額をさすっていると、緒方が「う……」と呻いた。

「でこ、いてえ」

いまになって痛みに襲われたということらしい。しかめっ面で頭を抱える仕草がおかしくて、乾いた笑いが洩れる。

（何なんだ、この酔っ払いは）

仕方ないので「大丈夫ですか？」と訊きながら、緒方の額をさすってやる。
二、三度撫でたあとではっとした。いくらなんでも上司にするようなことではない。慌てて手を引きかけたとき、緒方がうっとりと目を閉じていることに気がついた。
（か、かわいい……）

さっきまであった呆れが吹き飛び、かわりにかっと頬が熱くなる。

これほど間近なところから緒方を見るのは初めてだ。意外に密な睫毛《まつげ》。なめらかな頬。淡く色づいた唇の曲線。整ったパーツのひとつひとつに釘づけになっていると、ふっと目の前のまぶたが持ちあがり、うれしそうに笑われる。

「もう痛《いた》なくなった」

あっ……と声には出さずに呟く。

心を根こそぎさらわれるとは、こういうことをいうのかもしれない。

オフィスではまず見られない笑った顔と、呂律《ろれつ》のまわっていない舌にとどめを刺されてしまった。強風にあおられた雲があっという間に形を変えてしまうように、仕事のできる美形の上司への憧れが、恋のように甘く切ない感情に変わっていく。

待て待て、同性だぞ——？

一瞬感じた戸惑いすらも、緒方の無邪気な科白《セリフ》と表情にねじ伏せられる。

「仁科。俺な、焼きそば食いたいねん」

だめだ。やはりかわいいという言葉しか出てこない。自分の完敗ぶりがおかしくて、声を立てて笑ってしまった。

「ええ、聞きました。少し待ってもらえますか？　探してきます」

「ん」

最後にぽんぽんと緒方の前髪を撫でてやり、キッチンに向かう。

さて、と呟きつつ、まずは冷蔵庫を開けてみる。

焼きそば用の生麺《なまめん》を買った覚えはないので、入っているわけがない。それでも興奮と混乱を鎮《しず》めるために、冷蔵室の奥の奥まで確かめていく。最下段の冷凍室も調べてから、今度は作りつけの棚の扉に手をかける。

——俺はかなり酒癖が悪いんだ。

——ミーティングルームなんかで飲んだら大変なことになるからお前に頼んでんだ。

試飲に誘われたときの、緒方の科白がよみがえる。

まさかこの手の酒癖の悪さだとは思ってもいなかった。

鬼の緒方と呼ばれるほどにストイックに生きている分、一度リミッターが外れてしまうと、俗に言うはっちゃけた状態になるのだろう。確かにこれではミーティングルームで飲むのはよしたほうがいい。ゲイでもない仁科ですら、思いきり心を持っていかれてしまったのだ。皆が皆、緒方の変貌《へんぼう》ぶりにおどろいて、仕事どころではなくなるかもしれない。

「あっ、緒方さん、ありましたよー。カップ焼きそばでもいいですか？」

作りつけの棚にひとつだけあったカップ焼きそばを、リビングに向けて掲《かか》げてみせる。

緒方はラグの上に寝そべっていた。仁科のほうを見ることなく、「ええでー」と明るい返事を寄越す。メーカーにこだわりはないらしい。ほっとして、まずは湯を沸かすべくケトルを火にかける。

カップ焼きそばができるまでの間、何度かリビングに視線を向けてみたが、緒方は転がってリビングを移動したり、箸《はし》も使わずにローストビーフをつまんだりと好き放題だ。行儀がいいとは言えないものの、仁科としてはまったく問題ない。むしろ、かなり楽しいと断言していいほどだ。ちらっと緒方の様子を目にするたび、ふふとひとりで笑ってしまう。

（いままで緒方さんといっしょに飲んだ人はどう思ったんだろう。やっぱりかわいいって思ったのかな）

ピピッと鳴ったキッチンタイマーの音で三分経《た》ったことを知り、カップ焼きそばの湯切りをする。ソースを絡《から》め、添付のふりかけをかければ完成だ。

「お待たせしました、緒方さん——」

湯気の立つカップ焼きそばをトレイにのせ、リビングに踏みだそうとしたときだ。初めて緒方の痴態《ちたい》に気がつき、ぎょっとして息を呑む。

「ひゃあー涼しい……めっちゃ気持ちええわぁー……」

緒方がエアコンの送風口の斜め下——ラグの上にごろんと横になっている。

それはいい。しかしなぜ、素っ裸なのか。

肌色肌色肌色、体のてっぺんと足の間に黒。見まがうことなき、全裸というやつだ。

きっと仁科がカップ焼きそばの湯切りをしている間に脱いだのだろう。リビングにはぽいぽいっと放られたらしい緒方の衣服が散らばっている。

「おおお、緒方さ……いったい何やっ——うわあ」

動転しすぎたせいで手許が狂い、トレイを引っくり返してしまった。

床にこぼれた麺を慌ててかき集めている間に、全裸の緒方がごろごろと転がりながらリビングのなかを移動する。辿り着いた先はローテーブルだ。なぜか緒方は体を真っ平らにし、ずりずりとローテーブルの下にもぐり込む。

「あかん。なんかちゃうわ。なあ、仁科。もっと狭いとこないのん?」

「え、ええ?」

全裸で平然と人に話しかける神経が分からない。酔っ払いだから仕方がないのか。いやそれにしてもと忙《せわ》しなく頭を巡らせながら、集めた麺をシンクに放る。

「仁科ー、聞いてんの?　俺な、もっとこうピタッとするとこが好きやねん。ぎゅううってな

るほうが落ち着くやろ?」

緒方が言いながらローテーブルの下から出てくる。

(あ——……)

毛足の長いラグに投げだされた、美しい肢体《したい》。カウンターキッチンを挟んでいるとはいえ、足の間の茂みまでよく見える。さらにその奥の性器を探そうと目を凝《こ》らしている自分に気がつき、かっと頭に血が昇った。

一秒前の自分を振り切るようにして寝室に駆け込み、タオルケットを摑んで緒方のもとへ向かう。

「とと、とりあえずこれを……裸じゃ風邪を引きますから」

「嫌やあー、暑いやーん」

「そんなこと言わないでくださいよ。あとで冷房を強めますから」

もがく体に無理やりタオルケットを巻きつけていく。初めこそ「嫌やっ」と騒いでいた緒方だったが、最後はおとなしくタオルケットに包まれた。

やれやれと胸を撫で下ろしていると、ふいに緒方が仁科を見てにんまり笑う。

「これ、仁科の匂いがするわ」

「————」

そういえば一週間ほど洗濯していない。啞然《あぜん》としたあとで頰が赤らんだ。

「か、返してください。洗濯済みのものを持ってきます」

「何言うてんねん。返すわけあらへんやん」

「待ってください、ちゃんと洗濯してるものもあるんですってば」

「俺はこれがええって言うてるんやっ。返さへんで」

「ちょ、緒方さん……っ」

捕まえようとする仁科の腕をすり抜け、緒方は部屋中を駆けまわる。何度か抱きすくめることに成功したものの、そのたびに緒方は派手に身を捩《よじ》り、悲鳴を上げる。

タオルケットの下は真っ裸なのだ。触ってはいけなかったかと慌てて手を引けば、また緒方は笑いながら逃げまわる。最後は勢いよくソファーにダイブして、ずんっとした振動を床いっぱいにとどろかせてくれた。

「勘弁してくださいよ……結構響くんですから、このマンション」

大人二人で鬼ごっこをしたのは初めてだ。それも室内で。

頭をかきむしる仁科とは裏腹に、緒方はけらけらと笑っている。

緒方というと少々短気なクールビューティー、仕事のできる大人の男というイメージだったのだが、酔うと天真爛漫《てんしんらんまん》でまったくの別人格だ。会社ではにこりともしない人が、まさか惜しげもなく糸切り歯を見せてくれるとは。桜色に染まったうなじや、鎖骨《さこつ》の窪《くぼ》み、すらりと長い手足も美しい。

じょじょに気持ちが高揚していくのを感じながら、ソファーの足許《あしもと》に腰を下ろす。

本当は緒方のとなりに——いや、真上から覆《おお》い被《かぶ》さりたいほどだったが、細身の緒方と仁科では体格に差がありすぎる。下手な真似をして緒方を怖がらせたくなかった。

「あの、緒方さん。どうして俺に声をかけてくれたんですか？」

「……ああ？」

「ワインの試飲ですよ。俺を選んだということですか？　それとも他のメンバーに断られたから仕方なく？」

あの日、緒方がわざわざ仁科を追いかけてこなかったら、関西弁のかわいらしい緒方には会えなかったのだ。だからこそ、自分を試飲に誘ってきたときの心が知りたい。

真剣な面持《おもも》ちで振り仰《あお》ぐと、緒方は不思議そうに瞬く。

「何言うてんの。お前しかおらへんやん」

「俺しか、いない？」

緒方は「ふん」と聞こえる声でうなずくと、クラッカーをつまむ。

「男前やし、真面目やし、やさしそうやし。俺、ずっと気になっててん」

「ほ、本当に？」

これは素面の緒方にロックオンされていたと考えていいのだろうか。

男前、真面目、やさしそう——たったいま告げられた言葉が脳裏《のうり》を駆けめぐり、鼓動が馬鹿のように早鐘《はやがね》を打ち始める。

「体形も好きやで？　水泳やっててんやろ？　俺な、筋肉隆々《りゅうりゅう》なんは好きちゃうけど、仁科みたいにすうって背ぇ高くって男っぽい体、めっちゃ好きやねん。俺が暴れても止めてくれそうやしな」

「止める？　……ってああ、確かに止められるでしょうけど、反対に押し倒されるとは思わなかったんですか？　俺が本気になったら、余裕で緒方さんを組み敷けると思うんですが」

会社でこんなことを訊けば、鬼の形相の緒方にグーで殴られるかもしれない。

けれども今夜の緒方は緒方であって緒方ではない。思ったとおり、緒方はぱちっとひとつ瞬くと、声を立てて笑う。

「そやなぁ！　仁科なら簡単やろな。そんなん考えてへんかったわ」

無邪気に笑う姿に、考えろよと突っ込みたくなった。

同性だということは百も承知している。『ＳＩＤＥ・Ｂ』には女性プランナーもいるし、仁科自身、女友達もいる。けれど目で追うほどに惹きつけられたのは緒方だけだし、今日一日で憧れの域をも飛びだしてしまった。

仏頂面でにこりとも笑わず、眉間には常に数本の縦皺《たてじわ》。

心の奥を誰にも見せず、ストイックに生きている人。

そんな緒方がタオルケットを巻いただけの格好で笑っているのだ。

どくどくと喉元を打つ鼓動をどうやり過ごせばいいのだろう。エアコンの送風口は勢いよく冷風を吐きだしているものの、暑いくらいだ。忙しない自分の鼓動にあおられて、シャツの内側がじっとりとした汗に濡れていく。

仁科は酒に呑まれたことはない。

それがまさか、酒に呑まれた相手に呑まれることになろうとは。

「なあ、仁科ー。焼きそば、どないなってん。まだできひんの?」

「……全部ぶちまけました。残念ながらもうありません」

駄々をこねられたらどうしようかと思ったが、緒方は「そやの?」と返しただけだった。

そもそもただの気まぐれだったのかもしれない。ふわっとあくびをし、レーズンバターをのせたクラッカーに手を伸ばしている。

さて、これからどうするか。

ローテーブルの上を片づけて、緒方に真新しいジャージを渡し、「俺はソファーで寝ますから、緒方さんは寝室を使ってください」とにっこり笑ってお開きにする、そんな人のいい部下は演じたくない。

(緒方さんのこと、ずっと気になってたんですって正直に言ってみようかな。だけど振られたらそこで終わるしなぁ)

うなじをかきながら考えていると、緒方がふいに「んふふ」と笑った。

いる。

「ええ匂いがする」

緒方は自分の体——タオルケットに包まれている腕や肩口に鼻先を押しつけ、深呼吸をしている。

ひとつ瞬いてから、やめてくれーっと叫びたくなった。

緒方が嗅《か》いでいるのはきっとタオルケットに染みついた仁科の体臭だ。顔が赤らむのを感じながら、平然を装《よそお》った声で訊いてみる。どうせこの酔っ払いには、何をやってもかなわない。

「めずらしいですね。男の匂いが好きなんですか？」

「ちゃうちゃう、仁科の匂いが好きやねん」

ド直球な科白をぶつけられ、理性が大きくぐらついた。

いったいどこまで緒方は緒方でなくなるのだろう。すでに小悪魔の域を超え、悪魔に近い。上擦《うわず》る声でなんとか「へえ」と返してから、「一応ここに本物がいるんですけどね」と冗談のつもりで言ってみる。

「ほ、ほんまやっ」

「……え？」

いま気がついたとばかりに目を瞠られ、仁科のほうも目を瞠る。

「俺な、俺な、いっぺんでええから誰かにぎゅううってされてみたかってん。仁科は俺よりおっきいやろ？　手だってでっかいし、男前やし、仁科にぎゅううってされたら気持ちええやろなって前から思うててん。せやけど、そんなん言えへんやん。俺は男やし、仁科より年上やし、愛想も上手にできひんし。せやから、ずうーっと秘密にしててんけど、ほんまはな――」

緒方は話の道筋も整えないまま、一気にしゃべっている。

性的な指向に関わる重大な告白だ。酔っ払いの戯言《ざれごと》だとは思えない。何よりも、探し続けていた宝物をようやく見つけたかのように輝く二つの眸に吸い込まれた。

「あの、俺でよければいつでも抱きしめますよ」

「ほんまかっ？」

「ええ。緒方さんでしたら全然オッケーです」

答えたのと同時に、緒方が勢いよく飛びついてくる。

（う、わ……！）

しがみつく力の強さは、求める強さでもあるのかもしれない。布越しに伝わる体温や顎をくすぐる黒髪に、心臓が破裂しそうなほど、爆音を刻み始める。

あの緒方といま、ぴったりと体を合わせている――。

意識をさらわれそうになりながら、緒方の背中に腕をまわす。

やさしく抱きしめるつもりが、頼りない骨の感触を知るとたまらなくなった。ぐっと力を込め、緒方を両腕に閉じ込める。

きっと緒方が望むとおりの力加減だったのだ。

「ああ……」

どこか切なげな、感嘆を滲《にじ》ませた吐息に首筋をくすぐられる。

「緒方さん。実はその、俺はあなたのことを――」

ごくっと唾を飲んでから、胸にある気持ちを伝えようとしたときだった。緒方がふいに腕のなかで身じろぎをし、くるりと背中を向ける。

「……………？」

いきなりどうしたのだろう。緒方はタオルケットをほどいて自分の体を見ているようだ。後ろから仁科が覗き込めないように、用心深く体を縮めることもしている。

「あの、どうかしましたか？」

戸惑っていると、緒方が振り向いた。

なぜか仁科を見て「んふふ」と笑い、タオルケットごと自分の体を抱きしめる。

「どないしよう。仁科にぎゅううってされたから……あかん、勃《た》ってもうた」

「……え……？」

鈍器《どんき》で殴られたかのような衝撃とは、まさにこのことだ。

閃光《せんこう》が走り、頭のなかが白くなる。『たつ』という言葉が、『断つ』でもなければ『建つ』でもないことくらいは分かる。一瞬にして沸き立った欲望に理性を奪われ、力任せに緒方の体を押し倒す。

潤《うる》んだ眸と上気した頬。仕事モードとかけ離れた緒方を目《ま》の当たりにして、抑えろというほうが難しい。唇を奪うつもりで顔を近づけたとき、「やめえっ」と叫んだ緒方に胸を押し返された。

「こんのっ、馬鹿力！　痛いやろがっ」

「すみません、もう我慢できなくて――」

「どんな我慢やっ。いきなり変なことすんな、ぶっ飛ばすぞ！」

「えっ、えええ……？」

この期《ご》に及んでどう遠まわりしろというのだろう。

無理やりに押し倒したのはまずかったかもしれない。だからといって激昂《げっこう》されるほどのことをしただろうか。どちらかというと、んふふと照れ笑いをしながら、勃起したことを白状した緒方のほうが相当おかしいと思うのだが。

「ええっと……乱暴にしたことは謝ります。怪我はないですか？」

「そこまでひ弱とちゃうわっ」

「そ、それならよかったです。実は俺、緒方さんとキスがしたくて」

緒方が「はあ？」と眉を持ちあげる。

「なんでお前が俺とチューしたいねん。ふざけんな」

「ふざけてなんか……」

ここまで来たら胸の内を告げるしかない。大きくひとつ息を吸う。

「あの、こういう体勢で言葉にするのは不適切だと思うんですが、俺、緒方さんのことが好きなんです。今日一日で虜《とりこ》になりました」

「はああ？」

緒方がギッと眦《まなじり》をつりあげる。

「お前、酔うてるやろ。モテるくせに何言うてんねん。俺が好きとか意味分からんわ」

「別にモテませんよ。彼女だっていませんし。……あ、誰もいないから緒方さんでいいって言ってるんじゃないんです。入社したときからずっと、緒方さんのことが気になってまして」

「うそや」

「うそじゃないですって」

「うそやうそやうそやっ。信じられるわけあらへんやろが」

大声でまくしたてられてしまい、「……ですよね」と緒方の上でうなだれる。

ワインを飲む前までは、鬼上司と一部下だったのだ。仁科にしても、緒方を押し倒しているいまが信じられない。だからといってさっと体を離し、すみませんでしたと詫びるつもりはさらさらないのだが。

「なんやねん、怖い顔して。怒鳴られたくらいで怒んなや」

「怒ってなんかいませんよ。どうしたら緒方さんを口説《くど》けるのかなって考えてるだけです。ここまで来て、お預けっていうのはきついですよ。俺も一応オスですからね。好きな人とキスくらいはしたいじゃないですか」

「――――」

本音かどうか探るように、緒方はじっと仁科を見ている。

「俺のこと、ほんまに好きなん？」

「ええ、好きです」

「男やで？　三十やで？」

「念を押されなくても分かってます。同性だろうが年上だろうが、とても魅力的な人だったので好きになりました」

少しは響くものがあったらしい。緒方はわずかに目許を染めると、「ふぅん」と呟く。

「せやったら、俺の言うこと、ぜーんぶ聞いてくれるか？　ぜーんぶ聞いてくれるんやったら、お前のこと、ちょっとは信じてもええで？」

目をきらきらさせての科白があまりにも無邪気だったので、思わず噴きだしてしまった。

仁科が強引に事に及ぶなど、考えてもいないらしい。好きという気持ちは疑っても、人としての自分は信じてくれているようだ。

かわいい人だなとあらためて思い、自然と頬がほころぶ。

「妥協案を提示してもらえるのはうれしいですね。ちなみにひとつ目のお願いは何ですか？」

焼きそばは台なしになったのだ。次はラーメンか餃子かピザか――。

内心おもしろがっていると、緒方は恥じらうように身を捩り、タオルケットの合わせ目をぎゅっと握る。

「ち、乳首……舐めてほしいねん」

「……え？」

確かに聞こえた乳首という単語に、頭の芯がぐらりと揺れる。

いや、今度ばかりは聞きまちがいかもしれない。一呼吸置いてから訊き直す。

「ええっと、乳首を舐めてほしい――で、合ってます？」

緒方はつっと目を逸《そ》らすと、ばつの悪そうな声で「合《お》うてるで」と言う。

（合っているのか……！）

いったい理性というものは一夜に何度吹き飛べば気が済むのだろう。体の奥が熱くなるのを感じながら、「いいですよ」と答える。

「えっ、ほんまにええのん？」

「俺でよければいくらでも」

もしかして自分も相当酔っているのかもしれない。

これは夢ではなく現実、そう理解しているはずなのに、いや夢かもと頭の隅で考えてしまう。

目許を染めた緒方がそろりそろりとタオルケットをずらしていく姿が、あまりにも現実離れしているせいだ。少しずつあらわになっていく肌を信じられない思いで見つめる。

「――」

ついにタオルケットが胸より下までずらされた。

平たい胸の左右を飾る、切なげな彩《いろど》り。唇と同じ桜色をしている。

(夢じゃなかった――)

恐る恐る触れようとしたとき、むぎゅっと手の甲をつねられた。

「手はあかんっ。べろだけや」

「……はい?」

「俺は舐めてほしいって言うたんや。触ってほしいとか言うてへん」

そうだった。慌てて両手を緒方の体の脇にやり、うっかり触れてしまわないように気をつけながら胸に顔を近づける。

目の前には桜色の突起――ためらう理由は何もない。渦巻《うずま》く欲望のまま、舌を触れさせる。

「っふ、あ……」

最初はやさしく舐めあげるように。二度目は乳暈《にゅううん》にぐるりと舌を這わせてみる。

やわらかだった乳首がぎゅっと凝《こご》り、めしべのような芯を持つ。ぷくっと膨《ふく》らんだ先端に誘われ、また舌を伸ばす。緒方が「あっ……」と声を上げ、背中をしならせる。

「こういうこと、お酒を飲んだときにはいつも誰かにお願いしてるんですか?」

「……し、してへん」

「本当に？」

なんだか都合のいいようにもてあそばれているようで、いまひとつ信じられない。

遊びなら遊びで構わないが、それならそうと言ってほしい。どっちなんですかと問うつもりで、つくんと立った花芽に甘く歯を立てる。

「んあっ」

「乳首を舐めてほしいなんて、ふつうは会社の人にお願いしないと思うんです。こういうの、好きなんですか？」

「わ、分からへ……ん」

緒方は喘《あえ》ぎながら「せやけどっ……」と続ける。

「前から、舐められたら気持ちええやろなって思っててん。自分じゃできひんやろ？　してほしかってん」

「前から、ですか」

妄想のたくましいタイプなのだろうか。仕事中の緒方は、潔癖に近いように見えるのだが。

そこまで考えてからはっとする。

「もしかして緒方さん、女性とも男性とも付き合ったことがないんですか？」

「だっ……だったらどないやって言うねん」

赤い顔をくしゃりと歪《ゆが》められてしまい、目を瞠る。

まさか童貞だったとは想像もしていなかった。緒方ほどの美人なら相手はよりどりみどりだろうに、やはり普段のきつい性格が妨《さまた》げになるのだろうか。確かにいつもの緒方が相手なら、仁科も好きの『す』の字すら言えないだろう。

「そっか。緒方さん、初めてだったんですね」

「き、きもいって思うててんやろ」

「思うわけないじゃないですか。初めてなのはうれしいですよ」

たっぷりと唾液《だえき》を染みさせた舌で、右の花芽も左の花芽も丹念《たんねん》に舐めていく。

緒方が未経験というのはたぶん本当のことだ。舌を使うたびに跳ねる体が、他者の与える刺激に慣れていないことを教えている。

「あっ……ぁっ、あ……」

緒方がかぶりを振ってよがり始めた頃、ふと腰の辺りに触れてくるものに気がついた。

互いの体の間には、くしゃくしゃに波打ったタオルケットがある。その波間、ちょうど緒方の下腹部辺りを覆っている部分に、くっと盛りあがった膨らみがある。

これが何なのか、同じ男なのでもちろん分かる。

仁科はわざと体を倒し気味にして緒方の乳首に口づけた。

唇で円を描くようにして乳暈をくすぐると、緒方はかすれた声で喘ぎ、下肢《かし》の昂《たか》ぶりをもじもじと仁科の体に擦りつけてくる。タオルケット越しに伝わるのは、発情しきった雄の硬起だ。

(触ってもいい、かな?)

さりげなく唾を飲み、そろりと緒方の太腿《ふともも》に手を這わす。

が、肝心《かんじん》な場所をとらえる前にぴしゃんと手の甲を叩かれた。

「あかんっ」

「ここもいじったほうがもっと気持ちよくなれますよ?」

「付き合《お》うてもないのにできひんわ」

「俺、緒方さんのことが好きだってさっき言いましたよね?」

「俺は信じられへんって言うた」

緒方は赤い顔でギッと仁科をねめつける。

本当に乳首を舐めることしかさせないつもりらしい。それはないよなぁとうなだれていると、緒方がふと眉間の皺を解き、恥じらうように目をしばたたかせる。

「せ、せやけど、舐めるだけならええで?」

「な……舐めるだけ……?」

いったいどういう貞操観念をしているのだろう。舐めるのはありで、触れるのはなし。付き合っていないことを理由にするのなら、ふつうは両方ともNGだ。

緒方は未経験——ほんの少し前に確信したことが大きく揺らぎ始める。

「あの、本当にこういうこと、誰にもお願いしてないんですか？　俺が初めてだって思っていいんですよね？」

「なんやねん、俺が童貞ってのがそんなにきもいんか」

「ちがいますよ。初めてなら初めてでいいんです。俺が訊きたいのは、俺以外の人にもお願いしたことがあるのかってことです。いままでどんな人と飲んできたんですか？」

「親戚とか大学の友達とかやで？　就職してからはまともに飲んでへん。俺、酒癖悪いんや。いっしょに飲んだやつからはたいてい疎遠《そえん》にされてるしな」

緒方はふいに含み笑いをすると、「今日も酔うてたりしてなぁ」と呑気なことを言う。

とっくに酔ってますよ、と心のなかで突っ込んでおく。

「じゃあ、親戚の方や友人には迫《せま》ってないってことですね？」

「何をやねん」

「だから乳首を舐めてとか、あそこを舐めてとかですよ」

仁科が言った途端、緒方は目を剝いて「うえええぇ」と叫ぶ。

「自分、頭のネジが飛んでんのとちゃうか？　んなきもいこと、迫るわけあらへんやん。俺にもな、好みっちゅうもんがあるんや。親戚は親戚、連れは連れや。お前とは全然ちゃう」

ということは、いままで飲んだ人たちと仁科は別格だということらしい。

緒方は荒々しく鼻息を吐くと、ごそごそと仁科の下で体を丸め始める。

「もうなんもせんでええ。お前がやさしいから調子に乗ってもうた。やっぱり俺は酔うてるんかもしれん。気ぃ悪うせんといてな」

「ちょちょちょ、待ってくださいよ」

いまさらしおらしくなられても困る。さっきまでの無邪気な緒方を取り戻したくて、ちゅっと乳首に口づける。

「余計なことを訊いてしまってすみません。緒方さんは魅力的な人だから、いろいろと気になってしまったんです」

「そなん?」

「本当にすみませんでした。できたらその、続きをしたいんですが」

緒方がちらっと上目をつかって仁科を見る。

酔っていても、イエスと答えるのは恥ずかしいらしい。だからといって、目を三角にして拒むこともしない。仁科がやさしく乳首を食《は》むと、緒方は「あっ」と細く啼《な》き、身を捩る。やはり拒むつもりはないようだ。

奔放《ほんぽう》のようでいて恥じらうこともする、こういうアンバランスなところもたまらない。

仁科は顔を上げると、緒方の目を見て言った。

「緒方さん、あらためて言います。俺の恋人になってください。あなたが男でも年上でも関係ありません。返事は明日の朝でいいのでお願いします」

「明日の……朝？」

「はい。朝まであなたに尽くします。だから今夜の俺を見て考えてください。付き合ってもらえるなら、明日も明後日もずっとあなただけに尽くします」

さすがの酔っ払いもおどろいたらしい。緒方がぽかんと口を半開きにする。

「ほ、本気で言うてんの？」

「本気じゃなきゃ言えませんよ」

一晩でどこまでこの無邪気な悪魔を攻略できるだろう。焼きそばやラーメンをねだられるより、唇を望まれるほうが愉《たの》しいに決まっている。

そして明日の朝には、頬を赤く染めた緒方からイエスの返事がほしい。

自信はあった。

「ここ、舐めてもいいんですよね？」

タオルケットの不自然な膨らみに、そっと手を触れさせる。

「て、手は……あかん」

「分かってます。犬のようにぺろぺろ舐めるだけですよ。だから少しだけ、タオルケットを持ちあげてもらえませんか？」

顔を真っ赤にした緒方が、もじっと太腿をすり合わせる。

「嫌やないんか？　ふつうはせえへんで？」

「好きな人の体には、すべて口づけたいのがふつうです」

緒方は唾を飲むと、じっと仁科を見つめる。

焦ってはいけない。けれども急《せ》かすことは必要だ。見せつけるように舌を出し、大きく乳首を舐めてやる。びくっと緒方の体がわななく。もちろん反対側の乳首も疎《おろそ》かにしない。どちらの乳首も丁寧に丁寧に、根元から掬《すく》うようにして何度も舐めあげる。

「ぁあ……っ、は……」

緒方の手がタオルケットの縁にかかる。

びくっとわななくたびに少しだけ、緒方の下腹があらわになる。

自分から誘っておきながら、まだ迷っているのかもしれない。早くたがを外してやりたくて、赤く色づくほどに強く花芽に吸いつく。

「ひゃ、あ……ぁあ」

緒方が甲高《かんだか》い声で啼き、むずがるようにして両腕を投げだした。

意識してなのか、無意識なのかは分からない。緒方が腕を投げだしたおかげで、タオルケットがはらりと落ちる。

ようやく、本当にようやく――桃色の峰が姿を見せた。

＊＊＊

あたたかくて気持ちいい。ああ、これは何だろう。

緒方《おがた》はうっとりと目を閉じて息を吐く。

胸にも肩にも背中にも、ぴったりと何かが触れている。

身じろぎすることもままならない、こういう窮屈《きゅうくつ》さは大好きだ。人工物のような硬さはなく、だからといってふにゃふにゃとやわらかいわけでもない。しっかりとした弾力があり、強さがあり、しなやかさがあり、まるで人肌のようにあたたかくて――。

(人肌……だと……?)

自分の考えにぎょっとして、コンマ一秒の速さで眠気が遠のいた。

ぐっと力を込めてまぶたを持ちあげる。最初に飛び込んできたのは腕だった。

たぶん男の腕だ。長袖《ながそで》のジャージに包まれた、右腕と左腕。なぜかがっしりと緒方の胸に巻きついている。

しばらく二本の腕に目を落としてから、ひっと短く息を呑む。

こういう方向で男の腕が巻きついているということは、すなわち後ろから抱きしめられているということだ。一瞬で血の気《け》が引き、がばっと勢いよく振り返る。

「――――!」

仁科《にしな》だ。

仁科が緒方を抱きしめ、寝息を立てている。

「……な、……」

なぜ仁科と同じベッドに入っているのだろう。それもシングルベッド。大の大人が二人で眠るには狭すぎる。よくよく見れば、天井にも壁にも見覚えがない。わたわたと忙《せわ》しなく眼球を動かし、仁科のマンションの寝室らしいことに気づく。

(昨夜《ゆうべ》はええっと……そう、試飲《しいん》だ、試飲。松島《まつしま》ファームのワインを仁科のマンションで二人で飲んで——)

なるほど、ワインを飲んで酔っ払い、きっと仁科に泊めてもらったのだろう。

ありがちな展開だ。けれども素っ裸で仁科に抱きしめられている現状だけは、いくら頭を捻《ひね》ってみても理解できない。

そう、裸なのだ。

仁科はジャージを着ているというのに、緒方だけがすっぽんぽん——。

「ひ、い……」

もしかして酔うと全裸になる悪癖《あくへき》が出てしまったのだろうか。

いいや、そんなはずはない。ぜったいに脱がないと決めて仁科の部屋を訪ねたし、簡単に脱げないように二、三枚余分に着込むこともした。

ということは、寝ているときに寝惚《ねぼ》けて服を脱いでしまったのかもしれない。

（さ、最悪だ）

仁科を起こさないように細心の注意を払いながら、そろりと腕からすり抜ける。

服、服、服――目を剝《む》いてベッドの周りを見まわしたが、昨日着ていた服がない。寝室以外のところで脱いだのだろうか。こんな格好を仁科に見られてしまったら一大事だ。せめて下着だけでも見つけておきたい。

息を止めてベッドを下りたとき、背後で「ん……」という声がした。

寝返りを打ったらしい、ごろんという音もする。

まさか目覚めてしまっただろうか。呼吸を整えてから、恐る恐る振り返る。

「…………！」

仁科はベッドの上で腹這いになっていた。顎《あご》の下で腕を交差させ、まだ眠そうな眸《ひとみ》を緒方に向けている。

「おはようございます、緒方さん」

にっこりと微笑《ほほえ》む姿が自然だったので、あやうく緒方もおはようと返すところだった。

額に汗が噴きだすのを感じながら、さりげなく右手で股間を隠す。少し遅れてから尻の割れ目を左手で覆《おお》う。

「おおお、俺の服……知らないか？」

「服？　ああ、リビングのカーテンレールに引っかけてます。下着は俺の分といっしょに洗っちゃいました。もう乾いてるかもしれませんね」

なぜおどろかないのだろう。上司が真っ裸で寝室にいることは、仁科にとっておどろくに足らないことなのだろうか。ふつうなら「なな何やってんですか、ちょっ……！」くらいは叫びそうなものなのに、仁科はまったく頓着《とんちゃく》してない。

それどころかあくびまじりに起きあがると、おもむろにチェストを漁《あさ》り、ジャージの上下をベッドの上に置く。

「とりあえずこれでも着ときます？　少し大きいかもしれませんが」

さすがに違和感を覚えた。

どうもいままでと接し方がちがう。これほど仁科と距離を縮めた覚えはない。

「仁科……お前、俺になんかしたんじゃねえだろなっ」

叫ぶようにして訊くと、仁科があははと笑う。

「俺がしたいことなんて何もさせてくれなかったじゃないですか。俺は緒方さんがねだったことしかしてませんよ」

「ねだった、こと？」

「やだなぁ、もしかして寝惚けてます？　乳首を舐《な》めてほしいとか言ったじゃないですか。そういうこと全部ですよ」

「……ちち、ち、くび……を、舐めてほしい、だと……？」

信じられない、ありえない。日曜の朝にも自分にも不似合いだ。

仁科は青ざめる緒方には構わず、「喉渇《のどかわ》きましたねー」などと言い、ぺたぺたと素足を鳴らしながら寝室を出ていく。

いったいどういうことなのだろう。寝惚けているのは仁科のほうではないのか。

忙しなく頭を回転させるも、得心《とくしん》のいく答えが見つからない。そうこうしているうちに、仁科がミネラルウォーターのペットボトルを手にして戻ってきた。

いまだに右手で股間を、左手で尻の割れ目を覆っている緒方を見て、くすっと笑う。

「さっきとポーズが変わってないじゃないですか。裸のほうが好きなんですか？」

「んなわけねえだろ……っ」

「だったらジャージを着ればいいのに。そうだ。朝ごはん、何にしましょう。リクエストがあるなら聞きますよ」

なんだか宇宙人と話をしている気分だ。目の前にいるのは確かに仁科なのに、いつもの仁科とは大きくくずれている。「飲みます？」とペットボトルを差しだされても、この体勢で受けとれるわけがない。

緒方が固まっていると、さすがに気づいたらしい。仁科はキャップを外してから、ペットボトルの飲み口を緒方の唇に触れさせる。

「どうぞ。俺が飲ませてあげますから」

「………」

やはりおかしい。かなりおかしい。

頭のなかでぐちゃぐちゃと考えながら、ほんの少し上を向く。仁科が緒方に合わせてペットボトルの角度を変える。

一口分の水が口腔《こうこう》にそそがれた。ごくっと飲みくだす。また一口分。これも飲みくだす。

冷たい水が喉を伝う感触に、少しだけ気持ちが落ち着いた。短く息を吐いてから、キッとした眸を仁科に向ける。

「どういうことなんだ。さっき言ったことについて説明してくれ」

「さっき？　朝食のことですか？」

「ちげーよっ」

反射的にくわっと目を剥いてから、冷静に冷静にと自分に言い聞かせる。

「ち、乳首をその、どうこうしたとか言ってたやつだよ」

「ああ、そっち。緒方さんのひとつ目のおねだりじゃないですか。乳首を舐めてほしいねんってかわいい関西弁で——」

ぜったいうそだ。最後まで聞きたくなくて「うあああーっ」と叫ぶ。

「てんめ、悪ふざけもたいがいにしとけよ。んなこと言うわけねえだろが」

「は？　覚えてないんですか？」

「覚えてねえよ。酒飲んだら記憶がぶっ飛ぶっつっただろ」

事前に伝えておいたはずなのに、仁科は「またまたー」と笑い、ペットボトルを抱いてごろんとベッドに横になる。

「照れないでくださいよ。そんなに簡単に記憶がなくなるわけがないじゃないですか。二人でワインを三本空《あ》けただけですよ?」

「俺は缶ビール一本で飛ぶんだよっ」

三拍ほど置いてから、仁科ががばっと起きあがる。

「冗談、ですよね?」

「悪いが本当の本当だ。つか、ちゃんと言っただろ。お前を試飲に誘ったときに」

とりあえず服を着ないことにはどんな話もできない。緒方は股間を覆っているほうの手でジャージをつまもうとしたが、どうにも難しい。仁科はぽかんと緒方を見つめたままだ。

「お、お前、後ろを向くとかって配慮はねえのかよっ」

赤い顔で怒鳴ると、ようやく我に返ったらしい。仁科が慌てた様子で背中を向ける。

「あの、本当に何も覚えてないんですか?」

「ああ、覚えてねえな」

ごそごそと緒方がジャージのズボンに足を通す間も、仁科の問いかけは続く。

「俺がしたことも?　俺が言ったことも?」

「だから覚えてねえって言ってるだろ。記憶が飛ぶってのはそういうことだ」

「本当に？　本当に何ひとつ覚えてないんですか？」

「って言ってるだろが、ずっと」

酔っ払いを相手に、何をして何を言ったというのだろう。

ジャージの上着のファスナーを上げながらベッドに目をやる。がっくりと肩を落とし、うなだれる仁科の背中があった。

「もういいぞ。着たから」

「……はあ」

仁科がのろのろと緒方に体を向ける。

あきらかに意気消沈《しょうちん》している姿を目の当《ま》たりにし、さすがに申し訳なくなった。

宙を睨むようにして昨夜の記憶を辿《たど》る。どうにかして思いだそうにも、やはりワインを口にしてからの記憶が見つからない。

「いや、本当に悪い。松島ファームのワインの味ならちゃんと覚えてるんだ。ミニボトルがあればいいのになって言ったのも覚えてる。だけどそこから先の記憶がないんだよ。かろうじて覚えてるのは、部屋が少し暑かったってことかな。お前にそれを言おうかどうしようか迷ってるうちに、どんどん暑苦しくなってきて——」

そこまで言ったとき、はっとした。

「おい、仁科。もしかして俺は、試飲の最中に自分で服を脱いだのか？」

どうかちがいますように！　という祈りも虚《むな》しく、ぱちっと瞬《またた》いた仁科に「ええ、そうですよ」と、あっさり肯定されてしまった。二、三枚余分に着込むという緒方の工夫は、まったくもって意味を成さなかったらしい。

仁科のマンションのインターフォンを押してから、かれこれ十時間は経《た》っている。自分がどんな格好で一晩過ごしたのか訊きたいところだが、いま以上に落ち込みそうな気がしたのでやめておく。仁科がまじまじとこの股間を観察していないことを信じたい。

「わ、悪かったな、変なものを見せて」

「あ、いえ」

こういう気づまりな空気がいちばん苦手だ。

ふぅと大きく深呼吸をしてから、あらためて仁科に向き直る。

「で、俺がねだったことってなんだ。具体的に教えてくれ」

「え？　ああ、だから乳首を――」

「そっちはもういいんだっ」

とても信じたくはないが、酔った勢いで言ったとしても不思議はない。乳首を舐められたらどんな感じなんだろうと、実は以前から気になっていたのだ。

バスルームで自慰《じい》をしながらボディーソープを乳首に塗りつけてみたこともある。果てるたびに虚《むな》しくなるのでやめたが、だからといって乳首から得られるだろう快感に興味を失ったわけではない。自分で舐めることのできない箇所《かしょ》なのでなおさらだ。

「ま、まさか、俺が言うままに舐めたりはしてないんだろう?」

ごくりと唾を飲んでそれを訊く。

仁科ははっとしたように顔を上げると、目許《めもと》を染めた。

(うそ……だろ……?)

どことなくばつの悪そうな顔を見て確信する。まちがいない、これは舐めた顔だ。

「おお前、酔っ払いの言うことなんか聞いてどうすんだよっ。なんで適当に流してくれなかったんだ!」

「いやだって緒方さん、本気で舐めてほしそうだったから」

「本気もくそもあるかっ。そこはな、殴ってでも俺を正気にさせるところだったんだよ!」

すっと仁科の表情が変わる。めずらしく眉間《みけん》に皺《しわ》を寄せた顔つきだ。

「俺は緒方さんを殴ったりしませんよ。腕力でどうにかするなんて卑怯《ひきょう》でしょう」

「や、だけどお前――」

「確かに俺はあなたの乳首を舐めました。酔ってる緒方さんにお願いされて、かわいいなと思ったから舐めたんです。別に嫌々舐めさせられたわけじゃありませんから」

むっとした顔でとんでもないことを言われてしまい、膝がぐらついた。

――かわいいなと思ったから舐めたんです。

――嫌々舐めさせられたわけじゃありませんから。

たったいま聞かされた言葉がわんわんと脳裏《のうり》にこだまする。

これは仁科流のフォローなのだろうか。いや、フォローでも何でもいい。ようは緒方の乳首を舐めたと仁科が真っ向から認めたということだ。今日はただの日曜日ではない、奇跡の日曜日だ。膝どころか体幹もぐらつき、へなへなとその場にへたり込む。

「緒方さん?」

「悪い……。ちょっとだけそっとしておいてくれ」

床に突っ伏し、ぐっと強く奥歯を噛みしめる。

いったいこの怒りをどこにぶつければいいのだろう。思いきり飛び蹴《げ》りを食らわしたいほど腹が立つ。仁科にではなく、自分にだ。

仁科に乳首を舐めてもらえる機会など、二度とないと言い切れる。きっと夢のような時間だっただろうに、どうして忘れてしまうのか。触れてきただろう舌の熱さも感触も、まったく覚えていない自分が腹立たしい。

抱きしめられたい。守られたい。――緒方にはそういう願望がある。

誰にも言えない秘密だ。付き合いの長い三木《みき》にも告白していない。

緒方はどこからどう見ても男だし、その上、長男だ。だからいままでひた隠しにしてきたし、これからも隠し続けるだろう。他人にはぜったいに知られたくないので、言動もきつく強めのものを心がけている。そもそも常に渋面《じゅうめん》の男が「抱きしめてー」もくそもない。自分でも気持ちが悪い。

そんな緒方にとって、仁科は理想の男だ。

アスリート級の体格はもちろん、風邪を引いたといえばすぐに薬を買ってきてくれるやさしさや、二人きりで試飲をしたいといえば快《こころよ》く了承してくれるフットワークの軽さを知り、ますます惹かれていった。

すでに片想いの域に突入しているというのに、憧《あこが》れの仁科に乳首を舐めてもらった、もうひとりの自分が憎たらしくて仕方がない。

「なあ。俺は他にどんなことをお前にねだったんだ?」

顔を上げると、仁科がぎょっとしたような表情で固まる。

知らず知らずのうちに悔し涙でも滲《にじ》ませていただろうか。一応ごしごしと目許を擦《こす》っておく。

「他にもあるんだろ? 乳首を舐めてくれっていうのは、俺のひとつ目のおねだりだって言ってたじゃねえか」

仁科は「ええっと……」と呟くと、緒方ではなく天井の辺りに視線を向ける。

「二つ目は確か……焼きそばだったかな」

「焼きそば?」

「ええ。焼きそばが食べたいと駄々をこねられました。二つ目は冷房ですね。寒いくらいの空調にしてくれ、と」

炭水化物はあまりとらないようにしているので、麺類《めんるい》や粉物は控《ひか》えている。その反動から来る、『焼きそばが食べたい!』だったのだろう。冷房のほうも納得だ。自《みずか》ら全裸になるくらいなのだから、酔っているときの自分の適温は十度前後なのかもしれない。

「そっか。いろいろと迷惑をかけたな」

緒方は居ずまいを正すと、ベッドに腰をかけている仁科に向き直った。

初めて同じチームになり、ようやく会話らしい会話を交わせるようになったところだというのに、こんなことで敬遠されてはたまらない。百歩譲って本当に仁科が厭《いと》うことなく緒方の乳首を舐めたとしても、緒方は酒に酔って全裸を披露《ひろう》した挙句《あげく》、仁科にセクハラ行為を強要したことに変わりはないのだ。

「仁科。朝っぱらから怒鳴って悪かった。酔ってる俺が卑猥《ひわい》なわがままを言ってるなんて思ってもなくて。できたらその、何もかも忘れてもらえるとありがたいんだが」

仁科が「えっ」と声を上げ、目を丸くする。

「全部酔っ払いの戯言《ざれごと》なんだ。昨夜の俺は俺であって俺じゃない。頼む、忘れてくれ」

「忘れろって……そんな、簡単に言わないでくださいよ」

仁科の言うとおりだ。

緒方がもし仁科の立場なら――男の乳首なんて土下座されても舐めないが――前代未聞のセクハラ案件として生涯覚えているだろう。けれどもやらかしてしまったほうとしては「忘れてくれ」と、ひたすら頭を下げるしかない。

「本当に悪かった。自分勝手なのも分かってる。だけどお前のように優秀なプランナーと、こんなことでぎくしゃくしたくないんだ。頼む、どうか仁科――」

そこまで言ったとき、仁科がいきなり「ああもうっ」と叫び、頭をかきむしり始めた。

「ちょ、どうしたんだよ」

やわらかそうな鳶色《とびいろ》の髪が、見る見るうちに寝癖よりもひどい状態になっていく。仁科はそれを整えることもしないまま、据《す》わった目を緒方に向ける。

「緒方さん。人前でお酒を飲むのはぜったいにやめたほうがいいです。ひとりでもだめでしょうね。危なすぎます」

「……だ、だよな……」

過去に大きな失敗をしているのだ。昨夜も負けず劣らずの醜態《しゅうたい》だったにちがいない。

仁科は「でも――」と言葉を継ぐと、ベッドを下りて緒方の前であぐらをかく。

「俺と二人きりの場合に限り、オッケーです」

思ってもいなかった言葉をかけられ、えっ？　と訊き返したいのに声が出なかった。

誰かと飲むのはだめ、ひとりでもだめ、だけど仁科と二人ならオッケー。

どう受け止めたらいいのだろう。じょじょに速くなっていく鼓動を感じながら、呆然と仁科を見つめる。

「い、意味が、分からないんだが」

「そのままですよ。俺以外の誰かとはお酒を飲まないでください。特に男はぜったいにNGです。飲みたいときはいつでも俺がお付き合いしますから」

「お前はその、構わないのか？　俺が相手でも？」

「もちろん」

にっと仁科が笑う。

飲み会の翌朝に縁切りされたことはあっても、受け入れられたのは初めてだ。

かあっと頬が赤らんでいくのが自分でも分かる。だからといってうつむきたくはない。しゃちほこばったまま、了解、という意味で二度うなずく。

「よかった。じゃあ約束ですよ。とりあえず朝食にしましょうか。昨日のローストビーフが残ってるんですよね。バゲットにのせて食べます？」

「あ、ああ」

「じゃ、作りますね。すぐにできますから、緒方さんもリビングへどうぞ」

仁科は笑って立ちあがると、先に寝室を出ていく。

その後ろ姿を見送ってから、もたつきながら正座を崩す。

(やばいだろ……)

緒方の恋愛スキルはゼロに等しい。

本当の自分を抑《おさ》えつけ、仕事しかしてこなかったのだ。仁科とは上司と部下、もしくは同じプランナーとして付き合えるだけで十分だったのに、これでは本物の恋になってしまう。

——恋。

甘くて丸っこい、自分には到底《とうてい》似合わないもの。

「やばいだろ」

仁科がいないのをいいことに、今度は声に出して言ってみる。

どくんどくんと跳ね躍《おど》る鼓動がやかましい。誰もいなくなった寝室で、ひとり耳まで赤くする。茹《ゆ》でダコのような顔でいるのは不本意だったが、この温度を手放したくない、それもまた本心だった。

——やはり新幹線にするべきだっただろうか。

——いやいや、車だ。ぜったい車。

東京を出発してからずっと、緒方はハンドルを握りながら脳内でひとり問答《もんどう》を続けている。

車は緒方の四駆《よんく》だ。助手席には仁科がいる。

残念ながらデートではない。目的地は、松島ファーム。チームリーダーが三木から緒方に代わったので、顔見せのためである。

仁科はプロジェクトチームが発足したときに、サブリーダーとして三木とともに松島ファームを訪れているらしい。今回初めて松島ファームに赴《おもむ》く緒方が仁科を帯同《たいどう》するのはごく自然のことで、何の問題もない。

だが新幹線でもなく飛行機でもなく車を選んだのは、緒方の完全な自己都合だ。

もしかして松島ファームでワインを勧められるかもしれない。車なら堂々と辞退できる。以前プロジェクトで関わった他のクライアントにも挨拶したいと理由を作り、なんとか自家用車での出張許可をもぎとった。

とはいえ、新幹線だろうが飛行機だろうが、鼓動が乱れ打つのは変わらなかっただろう。

緒方のとなりには仁科がいる。

たったそれだけでどぎまぎしてしまい、頬の筋肉が硬くなる。

「松島ファームまでは結構かかるぞ。俺のことは気にせず眠ればいい」

東京を発《た》ってから何度か声をかけたものの、仁科はにっこり笑って「大丈夫です」と答えるだけだ。

これが山本《やまもと》ならば、「ではお言葉に甘えて」とあっさりシートを倒すだろう。こういうときに真面目な部下だと困る。頼むから寝てくれよと涙目で頭を下げたいくらいだが、さすがにそこまではやっていない。

おかげでかれこれ四時間以上、車という密室で仁科と二人きりだ。

緊張しすぎている自分が怖い。

「緒方さん、そろそろ運転を代わりましょうか？」

「いや、大丈夫だ。気にしないでくれ」

「俺、車は持ってないんですけど、ときどきレンタカーを運転して友人とキャンプに行ったりスノボに行ったりしてるんですよ。無事故無違反ですから、あまり心配しないでください」

「いいんだ。運転は俺がする」

少し言い方がきつかっただろうか。「まあその、俺の車だしな。普段は自転車ばかりだから、たまには車の運転がしたいんだよ」とつけ加えておく。

決して仁科の運転技術を疑っているわけではない。仁科の前で眠りたくないだけだ。

助手席に移動した途端に大いびきをかき、はしたない類《たぐ》いの寝言を叫んでしまう可能性だってある。酒を飲んで記憶をなくして仁科に乳首を舐めさせるくらいだ。意識のない睡眠中の自分など信じられるわけがない。

「あの、無理してませんか？　俺、交代で運転するつもりで睡眠を多めにとってきたんですが」

「俺がいいって言ってるんだからいいんだよっ」

思わず声を荒らげてしまい、はっとする。

「す、好きなんだよ、運転が。だから本当に気にしないでくれ」

「分かりました。じゃあ、しんどくなったときは遠慮なく声をかけてくださいね」

睫毛《まつげ》を伏せる仁科を横目でとらえてしまい、胸がちくりと痛む。

もう少しやわらかな態度で接しよう――心のなかでは何度も誓うのに、どうしてか仁科が相手だと度を超してしまう。本当の自分を悟《さと》られたくないせいで、過剰防衛しているのかもしれない。

（あーあ。嫌な上司にしか見えないだろうなぁ）

ため息をついたとき、仁科がちらりと緒方を窺うのが分かった。

「どうした？」

「あ、いえ。ちょっとその、気になることがありまして」

「なんだよ、言ってみろ。少しの引っかかりが、あとあと尾を引くこともあるからな。気になる箇所《かしょ》はその都度《つど》クリアにしておくほうがいいぞ」

「そう、ですかね？」

「そりゃそうだろう」

てっきり仕事の話だと思ったからこそ、緒方は大きくうなずいたのだが――。

仁科はごくっと唾を飲むと、上半身を運転席のほうに捻《ね》じ曲げる。

「では思いきってお尋ねします。緒方さんってゲイですか？」

「……なっ……」

おどろきすぎたせいでハンドルがぶれ、車体が思いきり中央線を越えた。慌てて車体を戻したものの、平常心までは取り戻せず、ぜぇはぁと肩で息をしてしまう。

「な、なんでそんなこと」

「いえ、もしかしたらそうじゃないのかなと思いまして。ちがいますか?」

「ちがいますかってお前――」

どうやら仁科の頭のなかには、乳首を舐めてとねだる緒方の姿がいまだにこびりついているらしい。気になる箇所はその都度クリアになどと余計なことを言ってしまった自分を殴りつけたくなった。

「頼む。あの夜のことは忘れてくれ。何もかも酔ってたせいなんだ」

「忘れられませんよ。俺にとっては衝撃的な夜でしたから。だからといって他人に話すつもりはありません。緒方さんと二人きりだから訊いているんです」

真剣な声音で言われてしまい、ぐっと強くハンドルを握りしめる。

ゲイかどうか――普段ならぜったいに答えないだろう質問だ。だが酔っ払って正体をなくした緒方を受け入れてくれた仁科を裏切りたくない。

「自分じゃその、よく分からないんだ。ていうか、自分にゲイって言葉を当てはめたことがない。実は誰とも付き合ったことがないんだよ」

いい男に抱きしめられたい。守られたい。

そういう願望を持っているのは事実だが、これは叶えたい夢というより、妄想に近い。叶うはずがないと自分のなかで答えを出しているせいかもしれない。女性がハンサムな芸能人に恋心を抱き、付き合いたいなぁと夢見るのと大差ない感情で、眠る前にベッドのなかで妄想するくらいで十分なのだ。けれども妄想の相手が『いい男』という時点で、ゲイという括《くく》りになるのだろうか。

「こういうことって、考えれば考えるほどどつぼにはまるだろ？　だから考えないようにしてるんだ。どうせ恋愛らしいことにも縁がないしな。きょうだいのなかで俺だけが男ってのも関係してるのかもしれない。俺は長男で、下三人は妹なんだよ。ただ、付き合うならぜったい女性がいいとは思わない。ボーダーなのかもな」

自分の内面に関することを他人に話したのは初めてだ。どん引きされるかと思いきや、仁科はどことなくほっとした表情で「へえ」とうなずく。

「じゃあ、現在付き合ってる人は特にいないんですね」

「ああ、いないね」

「だったら好きな人は？　好きな人くらいはいるんじゃないんですか？」

突っ込んだことを訊かれてしまい、ぶわっと額《ひたい》に汗の粒が浮く。

ぎろっと目を剥いて、おめーだよと凄《すご》みたいところだが、もちろんそんな度胸はない。

「どうだろなぁ。特にいないよ」

「気になってる人も？」

「誰かを目で追う余裕なんてないよ。仕事をしてるほうが楽しいしな」

独身で恋人もいない三十男としてありがちな回答を選ぶ。まさか不服だったのか、仁科は複雑そうな表情で「そうなんですね……」と呟く。

「んだよ。なんで俺の恋愛事情が気になるんだ。仕事には関係ないだろ」

「それはまあそうですが」

仁科はため息をつくと、新しい問いを投げかけてくる。

「じゃあ緒方さんの好みのタイプは？」

「────」

さすがに目眩《めまい》を覚えた。

本来の自分を抑えつけて生きている緒方にとって、胸のなかを探られることは拷問《ごうもん》に近い。

もちろん仁科に惹かれていることは自覚している。二人きりの試飲も、一生に一度の思い出作りのつもりで誘ったのだ。だからといって、それを仁科に伝えようとは思っていない。こんなふうに踏み込んでこられると、どこかで必ずボロが出る。

仁科と付き合いたいだとか、仕事を離れて親密な関係になりたいだとか、そんな分不相応なことはいっさい望んでいないのに、迂闊《うかつ》な自分の発言で、『ただの上司』から『気持ちの悪い上司』に成り下がることは、なんとしてでも避けたい。

「質疑応答はここまでだ」

「はい？」

「これ以上、俺の心を乱すな。運転に集中したい。お前はとにかく――寝ろ」

結局ブルドッグのような形相《ぎょうそう》で、無理やり仁科の問いをはねのける。

「……すみません、運転の邪魔をしてしまって」

「別に謝らなくていい」

「…………」

渋々といったていでシートを倒す仁科を横目で確かめつつ、いつもの仏頂面《ぶっちょうづら》を作る。

本当はもっと素直に仁科と接したい。『ただの上司』を貫《つらぬ》こうとすればするほど、『嫌な上司』になっているような気がする。『嫌な上司』と『気持ちの悪い上司』だと、どちらがましなのだろう。

（くそう、泣きてえ……）

女々《めめ》しいことを考えているうちに、目的のインターチェンジが近づいてきた。

そろそろ仕事モードに頭を切り替えなければいけない。心の澱《よど》みを吐きだすように息をつき、高速道路を下りる。

松島ファームは、緒方の郷里――中心部から遠く離れた山間《やまあい》の町にある。

緒方が子どもの頃は松島農園という名前で、家族経営の小さな農園だった。ところが交配《こうはい》の末に生まれた新品種が当たり、瞬《またた》く間に大きくなったと記憶している。

仁科は本当に眠ったらしい。倒したシートの上で規則正しい寝息を立てている。だからというわけではないが、松島ファームに行くには少し遠まわりになる道を選ぶ。

山々の紅葉はまだ先のようで、黒にしか見えない稜線《りょうせん》の裾《すそ》野に集落が広がっている。家屋《かおく》は田畑の間にぽつんぽつんと建っているだけだ。かろうじて舗装されているだけの道をしばらく行くと、大振りの松の木を庭に配した屋敷が見えてくる。

緒方の実家だ。主の気質を表すかのように、門構えは古くて厳《いか》めしい。

最後に帰省したのはいつだっただろう。就職して初めての夏だろうか。泊まるつもりで帰ったものの、居心地の悪さが拭《ぬぐ》えず、その日のうちに東京に逃げ帰ったのを覚えている。いまですらなんだか息苦しい気がするので、今年もこの家に帰ることはないだろう。庭の風景を視界の隅に収めただけで走り抜ける。

ほどなくして松島ファームに到着した。

時間は十一時五分前。休憩もろくにとらず飛ばした甲斐《かい》があった。昼前の訪問なら早めに切り上げられる。ざっと資料に目を通してから、仁科を揺り起こす。

「あ……すみません、本当に眠ってしまいました」

「いいんだよ。俺が寝てくれって言ったんだ」

揃って車を降り、後部座席に投げていたジャケットを羽織《はお》る。

仁科は伸びをしただけで仕事モードに切り替えられたようだ。「こっちが社屋《しゃおく》です」と斜め前方に指を向け、先に立って歩きだす。

「へえ。ずいぶん変わったんだな。昔はビニールハウスが四つ並んでるだけだったのに」

「昔？　松島ファームさんのこと、ご存じなんですか？」

「なんだよ、三木から聞いてないのか？　実家が同じ町内なんだよ。小学校のときの社会科見学もここだったし。確か間引き作業を見せてもらった気がするな」

松島ファームの敷地は広く、農園というよりも一企業のていだ。直売所の建物と社屋が横並びになっており、奥は一面のぶどう畑。途切れなく続くビニールハウスの棟が、山裾を白に塗り替えている。

「お世話になります。『ＳＩＤＥ・Ｂ』の緒方と申します」

社屋の受付で来訪《らいほう》目的を告げると、ほどなくして園主兼取締役社長の松島がやってきた。

松島農園時代の園主、松島の父親はすでに引退しており、松島は二代目ということらしい。

五十五歳だそうだが、貫録《かんろく》のある胴まわりのせいで、もう少し年上に見える。

「ほう、あなたが緒方さんですか。いやいや、わざわざどうも。三木さんから聞いとります。三木さんと同じく、こちらにご実家があるそうですね」

「ええ。今回のプロジェクトに関わらせていただいたおかげで、数年ぶりに帰ることができました。これもご縁でしょうかね」

　実家の前を車で通りすぎただけだが、故郷の地を踏んだことにはなるだろう。同郷というだけで親近感を覚える人間は多く、松島の場合も例外ではなかったらしい。おかげで仕事の話はスムーズに進んだ。

「――では、パンフレットはこちらのデザインでいきましょう。コンベンションのブースのディスプレイについてですが、近日中に一案目をお出しできるかと思います」

「よろしく頼みますよ。海外のコンベンションに出展するなんて、うちにとっては初めてのことですからなぁ」

　松島ががははと笑う。そのあと、敷地内のビニールハウスを案内してもらった。

　もう十月も終わりに差しかかっているので、晩生《おくて》の品種以外のぶどうはすべて収穫を終えているようだ。とはいえ、淡く色づき始めた葉を茂らすぶどうの木など、東京ではまず見られない。緒方は松島の許可を得て、ビデオカメラでハウス内の風景を撮らせてもらった。仁科も興味深そうにぶどうの木にデジタルカメラを向けている。

「ぶどうは落葉樹ですからな。冬はすべての木からごっそり葉が落ちて、地べたは黄色や赤色の絨毯《じゅうたん》に変わります」

「へえ、それは見事でしょうね」

　三つ目のビニールハウスを見学し終える頃、正午を告げるミュージックチャイムが鳴った。

懐かしい。これは町役場が流しているものだ。

「せっかくですから、うちの社員食堂で食べていってください。去年新しくしたばかりなんですよ」

昼食に誘われることは想定内だ。「ありがとうございます、ではお言葉に甘えて」と素直に松島についていく。

食堂はちょうど社屋の裏手にあった。社屋とは渡り廊下で繋がっている。

緒方は親子丼を、仁科はカツ丼をオーダーし、松島の向かいに腰かける。松島はカツ丼定食とラーメンだ。太めの体格が示すとおり、結構な大食漢らしい。

仁科とともに愛想《あいそ》よく箸《はし》を使っていたとき、松島が「どないです？　ちょっと飲んで帰られませんか？」と、猪口《ちょこ》をつまむような仕草をした。

仕草は日本酒のようだが、ワインでほぼまちがいない。

よし！　と思いながら「残念ながら車ですので」と、東京を発つ前から心に刻んでいた科白《セリフ》を、さも申し訳なさそうに伝える。

松島は緒方と仁科が車で来ていたとは思ってもいなかったらしい。目を丸くしてずいぶんおどろいていたが、「ほな、ジュースにしましょうか」とあっさり言ったので、今度は緒方のほうがおどろいた。

「ジュースも作られているんですか？」

「ええ。ぶどう農園なんでぶどうジュースしかありませんけどな」

そんな……と思わず胸のなかで呟く。

プロデュースの対象がワインだからこそ、緒方はてこずってきたのだ。三木の代わりにリーダーにならなければ、仁科とともに仕事をするという幸運は得られなかっただろうが、酔った挙句の醜態を仁科に見せてしまうこともまたなかったはずだ。

いまさら方向転換できないことは分かっている。分かってはいるものの、ジュースがあるのならそっちをプロデュースしたかった——。

そんな思いがつい言葉となってこぼれ出た。

「ジュースなら子どもも大いに飲めますよね。女性も妊娠や授乳を気にしなくていい。顧客《こきゃく》層《そう》はワインよりも広がると思いますが、ジュースではなくワインを第二の戦力に据えた理由は何なのでしょう」

仁科が慌てた様子で緒方の耳に何か囁こうとする——が、間に合わなかった。

さっと顔色を変えた松島を目の当たりにし、失言だったことに気づく。

「緒方さん、あんたほんまに引き継ぎができとるんですか？　うちはもともとジュースをプロデュースしてもらうつもりやったのに、あんたとこの三木さんがぜひともワインでと推《お》しはったんでしょうが。子どもでも飲めるものに大人は大枚《たいまい》をはたかない、大人しか楽しめないワインのほうが購買意欲をかき立てると言うて」

そういう経緯《けいい》があったとは知らなかった。

「失礼いたしました。あまりアルコールは飲まないものですからつい」

すぐさま頭を下げたものの、よりによって最悪の言い訳を使ってしまった。

松島がさらに顔色を白くする。

「あんた、いったいどういうつもりやねん。酒もろくに飲めへんのに、うちのワインを売ることができるんか？　おたくに依頼すんのにどんだけ金を使《つこ》うてると思うてんねん。こっちは片手間でやってんのとちゃうんやで？」

「申し訳ございません。決してそのようなつもりでは――」

深く頭を下げる緒方のとなりで、すっと話をさらったのは仁科だった。

「松島さん。ワインは自家用だけに限らず、ギフトとしても使用されます。アルコールの苦手な方が、アルコールの好きな方に贈ることも多々あるでしょう」

松島が露骨《ろこつ》に眉根を寄せる。

若造が横から口を挟んでくるなと言いたげな表情だ。けれどもすぐに眉間の皺を解き、太い息を吐く。

「ま、それはありますわな。うちの直売所でもギフト用の包装を頼まれることはしょっちゅうですし」

「しかし、アルコールの苦手な方はアルコールをギフトに選ぶという発想をお持ちでない場合もあります。また、ビールは飲むけれどワインはあまり飲んだことがない、という方もいらっしゃるでしょう。そのような方たちにワインを手にとってもらうにはどうすればいいか。今回のプランニングでは特にこの部分に力を入れております」

「ほう……」

「ちなみにプロジェクトチームには、緒方の他にもアルコールを嗜《たしな》まないメンバーもおります。飲む者と飲まない者、異なる視点から意見を交わすことができますので、飲む者ばかりで組むチームより、斬新《ざんしん》なアイデアをご提供できるかと思います。まずひとつ、これは緒方からの提案なのですが――」

仁科が緒方に目配せをする。

まさかこうもうまく仁科が流れを作ってくれるとは思わなかった。

本当はコンベンションを終えてから提案するつもりだったのだが、時機など考えている場合ではない。ありがたく流れに乗り、ミニサイズのボトルを作ってはどうかと松島に伝える。

「なるほど。少々コストはかかりますが、確かにミニボトルならちょっとしたお試しがわりになりますわな。おっしゃるとおり、晩生のぶどうとセットにしてもええかもしれん。冬のぶどうはたいして売れんのですよ」

松島は自分の言葉にうなずくと、大きな声で笑う。

「いやあ、ありがたい。ええアイデアをいただきましたわ。さっそく社内で話をつめさせてもらいます」

これほど安堵《あんど》したことはかつてない。そこから先の松島は上機嫌で、緒方と仁科に土産がわりにワインの詰め合わせまで持たせてくれた。

怒濤《どとう》の一時間半――そう形容しても大げさではないだろう。

松島ファームを出たあと、町の中心部に唯一あるファミレスに寄り、魂ごと抜けでるような息をつく。

「悪かったな、フォローさせて。めちゃくちゃ助かった」

「とんでもない、俺のミスです。緒方さんがあまりアルコールを飲まない人だと知らなかったので、プロデュースの対象がジュースからワインに変わった経緯を、引き継ぎの資料に打ち込んでいませんでした」

「いや、お前のミスじゃないよ」

仁科の作成したファイルをめくると、クライアントの情報欄に『ぶどうの栽培・販売』とともに『ワイン及びジュースの加工・販売』としっかり書かれてある。

自分が関わっていないプロジェクトでも常に進捗《しんちょく》状況を確認しているという自負が見落としを招いたのだと思う。この欄を見ていれば「どうしてジュースじゃなくてワインなんだ」とぜったいに訊いていた。

「完全に俺のミスだ。資料の読み込みが足りていなかったんだ」

「いえ、俺です。不完全な資料を作成した上に、新リーダーに口頭で伝えることを怠《おこた》りましたから」

「何言ってんだ。俺のミスだっつってんだろ」

「ちがいます。俺です」

そんなやりとりを繰り返しているうちになんだかおかしくなり、こらえきれずに笑ってしまった。

行きの道中で邪険《じゃけん》に扱ったのに、仁科は部下としての姿勢を崩そうとしない。きっと体格だけでなく心もアスリートなのだ。一途《いちず》で純真で、本当にいい男だと思う。失言した上司をさりげなくフォローする手腕も、今日初めて知った。

「じゃ、二人のミスってことで」

仁科はしばらく考えてから、「はい」と白い歯を覗かせる。

春の陽のような、この笑顔が好きだ。仁科と恋愛はできないし、するつもりもない。そう割り切っているはずが、思わず見惚《みと》れてしまう。

「どうかされましたか?」

「ああ、いや——」

松島ファームのワインをプロデュースするにあたり、最初の難関だった試飲はなんとかクリアできた。松島との初顔合わせも仁科のおかげで切り抜けられたので、次の山場は香港でのコンベンションだろう。

会期は三日間。三百以上並ぶブースはすべてワインと蒸留酒関係だと聞いている。もちろん松島も同行する。そんななか、一滴のアルコールも飲まずしてコンベンションを終えられるとは思えない。

「やっぱり飲めないとまずいよなぁ。せめて記憶が飛ばなきゃいいんだけど」

メニューブックに手を伸ばしながらため息をつくと、仁科が言った。

「じゃ、練習します？　俺の部屋で」

「……あ？」

「お酒を飲む練習ですよ。一晩でも二晩でも付き合います」

仁科が頬杖《ほおづえ》をつき、にっと笑う。

科白はもとより、表情が色っぽくてどぎまぎしてしまった。頬が熱くなるのを感じ、メニューブックに見入るふりをして視線を逸《そ》らす。

「んなこと言ってお前、また俺が変なことを言いだしたらどうすんだ」

「変なこと？」

田舎のファミレスとはいえ、他にも客はいる。

俺はてめえに乳首を舐めさせたんだろう？　とはとても口にできず、「……昼間っから言わせんな、分かるだろ」と低い声でぼそっと呟く。

仁科が小さく笑う。

「そのときは酔っ払ってる緒方さんと相談しますから、素面《しらふ》の緒方さんは心配しなくていいですよ」

いったいどんな表情でそんなことを言っているのだろう。ちらりと顔を上げる。

仁科はやはり頬杖をついていて、笑みをたたえた眸をまっすぐ緒方に向けていた。

＊＊＊

「……めっさ暑いーっ」

シャツの胸をかきむしる緒方《おがた》を見て、仁科《にしな》はごくりと唾《つば》を飲む。

（来た――）

緒方がどの辺りで酔い始めるか、記憶の飛ぶボーダーラインはどこなのか。それらを探るための二度目の部屋飲みだ。

リビングのローテーブルの上には、ワインボトルが並んでいる。

松島《まつしま》ファームのワインは前回飲んだので、今回は国内のワインコンクールで入賞の経歴を持つワインを集めてみた。名の知れた大手メーカーのものから、地方のぶどう園のものまである。

このなかのいくつかは、きっと同じコンベンションに出展するだろう。

緒方はグラスに口をつけるたび、こまめに体の変調をメモしていたが、その手にすでにボールペンは握られていない。貴重な記録であるはずのメモも、たったいま紙飛行機となって窓際辺りに飛ばされた。

「あかんわ、仁科。冷房入れてくれへんか?」

言うが早いか、緒方はすでに服を脱ぎ始めている。

予想どおりの展開だ。エアコンを起動させてから、事前に用意していたバスローブを緒方に差しだす。

「なんやの、これ」

「シルクのバスローブです。全裸じゃさすがに目のやり場に困るので、着てもらえると助かります。さらさらしていて気持ちいいと思いますよ」

緒方はちらっと視線を寄越したものの、受けとろうとはしない。

「嫌や。ぺらぺらしてて色も野暮《やぼ》ったい。俺の趣味ちゃうわ」

まさかばっさり切り捨てられるとは思ってもいなかった。思わず「ええっ」と声が出る。

確かに生地に厚みはない。緒方のくすみのない肌に似合うと思い、ゴールドを選んだのも裏目に出たようだ。

「タオル地のバスローブより涼しくていいかなって思ったんですけどね……」

仕方なくたたみ直していると、緒方がしがみついてきた。

「わざわざ選んでくれたんか？　俺のために？」

「ええ。仕事帰りにいくつかショップをはしごして」

白状した途端、緒方がはっとしたような表情でバスローブを奪いとる。

「これは俺のもんや。返さへんでっ」

「は？　だから緒方さんのものですってば。プレゼントのつもりだったので」

仁科の声が聞こえているのかいないのか、緒方は鼻歌まじりにバスローブを羽織《はお》り始める。

緒方のために選んだということが加点ポイントになったようだ。次回はきちんと好みを把握《はあく》してから選ぼうと心に刻みつつ、ほっと息を吐く。

「よかった、受けとってもらえて。まだありますからね。プレゼント」

「おっ、つまみか？　せやけどもう食えへんで？」

「もっと色気のあるデザートですよ。あとで出しますね」

そんな会話を交わしながら、緒方のバスローブの腰紐《こしひも》を結んでやる。

なめらかそうな素肌の胸に、ほんのりと色づいた首筋。最初の夜なら目にしただけで息を乱していただろう。

しかし今夜はちがう。

実は昼間、スポーツクラブのプールで泳いできた。クロールと背泳ぎを合わせて二キロ。緒方の毒気にも近い色気に惑わされて暴走しないように、あえて体力を消耗させたのだ。

だから余裕のていで同じソファーに腰を下ろすことができる。

「すごく似合ってますよ」

「ほんまか？　こんなん着たことないで」

「きれいですよ。緒方さん、美人だから」

できることなら、緒方が素面《しらふ》のときにも同じことを言ってみたい。

けれども好みのタイプを尋ねただけで、ブルドッグのような形相《ぎょうそう》で切り捨てられてしまう有様だ。仕事の鬼は、恋バナめいた話題はお気に召さないらしい。無難な雑談はできるようになったものの、なかなか心のなかまでは見せてもらえない。

「なあ、仁科ー。くっついてもええか？」

仕事中の緒方を想像していたときだったので、どきっとした。

顔も声も同じ緒方なのに、どうしてこうもちがうのだろう。仁科が「いいですよ」と応《こた》えると、緒方は「んふふー」と笑ってしがみついてくる。

骨っぽい男の体だ。だからこそ、すっぽりと両腕に収まる細さがたまらない。うなじから立ち昇る甘い香りや、白すぎない肌の色にもそそられる。

（あ、やばい……かも）

体の真ん中が熱くなる気配がし、たまらず湿った息を吐く。

二キロ泳ぐ程度では足りなかったらしい。いっそこのまま抱きあげてベッドに連れていこうか。待て、それは性急だ。いやいや、絶好のタイミングじゃないのか——と、頭のなかで自問自答を繰り広げていたとき、緒方が腕のなかでぶるっと身震いをした。

「さむっ。なあ、トイレ貸してくれへんか？」

「トイレ、ですか」

下心を思いきりへし折られてしまった。

が、生理現象なので仕方ない。

「トイレはそこの廊下の先にあります。ひとりで行けますか？」

緒方は「ふん」とうなずくと、ソファーから立ちあがる。

やはり十一月に冷房はいらない。仁科は緒方を見送ると、エアコンのスイッチを切った。かわりに窓を開け、昂《たか》ぶりを鎮《しず》めるつもりで夜風を胸いっぱいに吸い込む。

（今夜はぜったいに緒方さんに翻弄《ほんろう》されないようにしないと）

しばらくして、トイレの水を流す音が聞こえてきた。

暑がりの緒方のために窓を半分開けたままにしておき、もとどおりカーテンを閉める。さっきと同じように仁科はソファーに腰を下ろしたのだが、緒方がなかなか戻ってこない。

（迷う……わけないか、１ＬＤＫだし）

思ったものの、やはり心配でソファーを立つ。

トイレはリビングを出て短い廊下の先にある。

「緒方さん、大丈夫ですか？」

トイレの扉をノックしてから、ふと眉をひそめた。

どこからか、さあさあと水の流れる音が聞こえてくるような——。

「緒方さん？」

もう一度名を呼ぶと、「こっちやでー」と屈託《くったく》のない声が返ってきた。

トイレではなく、洗面所のとなりのバスルームからだ。慌てて洗面所に飛び込み、バスルームの折れ戸を開く。

「ちょっ……何やってんですか」

「ああ、見つかってもうたー」

緒方が無邪気に笑う。

なぜか知らない、バスタブのなかで胎児のように手足を縮めたスタイルだ。

それだけならともかく、バスタブに勢いよく湯がそそがれている。横向きになって丸まる緒方の右耳はすでに湯のなかだ。もうすぐ唇まで届く。

「——————！」

反射的に緒方の腕を掴む。が、緒方は「嫌あーっ」と声を上げてもがき、しつこく丸まろうとする。その拍子《ひょうし》にごぼっと音がして、緒方の顔が湯に浸《つ》かった。思いきり湯を飲んでしまったのか、「んぐ……っ」と叫ばれ、青ざめる。

もはや四の五の言っていられない。力ずくで緒方を引きあげる。

「っとにもう！　溺《おぼ》れるところだったじゃないですか」

「だって寒かってん。風呂入りたい」

げほげほとむせながら言われてしまい、絶句する。

暑いから冷房を入れてくれと騒いだのはどこの誰なのか。ため息をつきながらバスタオルを取りだし、緒方の髪を拭《ふ》いてやる。

「あのですね、酔ってるときにお風呂はだめですよ。寒いなら暖房を入れますから」

「嫌や、風呂入るーっ」

「だからだめですってば」

緒方は隙あらばバスルームに飛び込もうとするので油断ならない。

たぶんじゃれているつもりなのだろう。ちらっと仁科を見てから折れ戸に手をかける、その眸《ひとみ》のいたずらっぽさといったら悪魔レベルだ。緒方が望むとおりに引っ捕まえ、最後は抱きかかえるようにしてリビングに連れ戻す。

まさか着せたばかりのバスローブがこんなことでずぶ濡れになるとは思ってもいなかった。

一枚しか買っていないので替えはない。すぐにジャージを用意したが、緒方はなぜか頑《かたく》なにバスローブを脱ごうとせず、今度は「嫌や、暑いやん」と騒ぎだす。

いったいどういう体感温度をしているのか。無理やり脱がそうものなら、「さ、わ、ん、なーっ」と馬鹿でかい声を上げ、「だったら後ろを向いてますから、その間に着替えてください」と背中を向けると、何をどう勘ちがいしたのか、嬉々として背中に飛び乗ってくる。

「んふふ。仁科は俺をおんぶできんねんな」

「まあ、はい。余裕です」

「ほな、ちょっと散歩にいこかー」

弾《はず》んだ声でせがまれるとかなわない。仕方なく緒方を背負ってリビングを歩く。

微妙に嚙み合っていないやりとりに疲れ、三周したところで緒方をソファーに下ろす。いつの間にか仁科の背中も湿っていた。

「いい加減に着替えてくださいよ。風邪を引いたらどうするんですか」

「風邪なんか引かへんもーん」

「もーんじゃないでしょ。もう十一月に入ったんですからこういうことは――」

言いかけた小言が喉《のど》の奥で縮こまる。

緒方はソファーの上で片足を抱き、きゅうりスティックをぽりぽりとかじっている。

全裸よりも色っぽいかもしれない。バスローブは濡れているせいでぴったりと緒方の体に張りつき、裸身《らしん》の輪郭《りんかく》をなまめかしく縁取《ふちど》っている。裾《すそ》がはだけているので、いまにも下肢《かし》の雄芯《ゆうしん》が見えてしまいそうだ。

（うわぁ……）

鼓動が高鳴るのを感じながら、緒方の足許《あしもと》近くのラグに腰を下ろす。

「緒方さん。結局いまは暑いんですか？　寒いんですか？」

「うーん、ちょっと暑いで？　お前、冷房切ったやろ。風、出てへんやんか、ほら」

エアコンを指さしての問いには答えず、

「だったら脱いだらどうですか？」

と、言ってみる。

酔うと裸になりたがる緒方のことだ。「そやなぁー」と返してくるかと思いきや、むっとした様子で唇を尖《とが》らせる。

「俺の裸なんざ見とうないって言うたんは、どこのどいつやねん」

「そんなこと、言いましたっけ？」

誰かとまちがわれているのかと不安になったが、すぐに思いだし、「ああ」と笑う。

「俺は目のやり場に困ると言っただけですよ。見たくないなんて言ってませんし、見せてもらえるなら見たいです」

「そやの？」

「ええ、見たいです」

緒方のほうに体ごと向いてから、ほのかに頬が熱を持つ。

いくら本心とはいえ、あからさまに言いすぎた。ごまかしの言葉を考えていると、緒方が

「んー」と呟き、にんまりと唇を横に引く。

「仁科にならら見せてもええで」

「本当に?」

「ちょっとだけやでー?」

緒方は笑いながらバスローブの腰紐をほどくと、合わせ目に手をかける。

ごくりと唾を飲んだのと同時に、鎖骨《さこつ》から膝までのラインがあらわになった。

つくんと立ちあがった桜色の乳首。薄い下肢の茂みからは、わずかに鎌首《かまくび》をもたげた果芯《かしん》が覗く。

スポーツをやっていなかったとは思えない、整った裸体だ。またごくりと喉が鳴る。

二人で試飲《しいん》した夜も緒方は惜しげもなく裸をさらしていたが、仁科はほとんど見ていない。いや、確かに見たし、唇で触れることもした。けれどもあまりにも現実離れした夜だったせいか、ありありと覚えているのは自分のこめかみを叩く脈動《みゃくどう》くらいで、肝心《かんじん》な緒方の裸は薄らぼんやりとしか覚えていない。

「はい、おしまい」

いきなりバスローブの前を閉じられてしまい、思わず「えっ」と声が出る。

「ちょ、もう少しいいじゃないですか」

「お前、本気で言うてんの?　そらちょっと頭おかしいで?」

緒方が眉をひそめ、真剣な面持《おもも》ちで仁科を覗き込む。

まさか酔っ払いに諭《さと》されるとは思ってもいなかった。なんだか恥ずかしくなり、視線を下方に向ける。

「いやだって、好きですから。緒方さんのこと」

「そやの？」

「……って、前にも伝えてるんですけどね」

ため息をついていると、緒方が再びバスローブの合わせ目に手をかけるのが見えた。

「ほな、じっくり見るか？」

言葉と同時にバスローブを広げられ、一気に心拍数が上がる。

緒方はけらけらと笑っているので、じゃれ合いの延長とでも思っているのだろう。複雑な気持ちに陥《おちい》ったが、いま以上の契機《けいき》はきっとない。緒方の足をとり、小さく丸まっている小指に口づける。

「んあ、こら！　変なことすんな」

「かわいい小指だからつい。キスはだめですか？」

見上げて訊くと、緒方がかっと頬を赤くする。

「……だ、だめちゃうけど……」

ついさっきまで声を立てて笑っていたのがうそのように小さな声だ。

（ああ、やっぱりかわいいな、緒方さん）

一気に押し倒したいところだが、強引に組み敷けば、かわいい悪魔は二度と笑ってくれなくなるかもしれない。緒方を怒らせて得をしたことは一度もないのだ。どうせ見るのなら、思いきり眉をつりあげて怒鳴る緒方より、頬を染めて恥じらっている緒方のほうがいいに決まっている。

仁科はもう一度、緒方の足の小指に口づけた。

「あ、あかんて」

「どうして？　俺、また緒方さんの感じてるところが見たいです」

今夜こそ自分のペースに持ち込んでやる。そのために二キロも泳いできたのだ。

強引にしない。自分の欲望は押さえ込む。そう心に刻み、小指から薬指、そして中指と、順に口づけていく。

「あ、足とか、きれいちゃうで……？」

「きれいですよ。緒方さんは頭の先からつま先まですべて」

支えた踵《かかと》はそのままに、今度はふくらはぎに向かって唇を滑《すべ》らせる。

「……っ！」

びくんと緒方の体がわななく。が、それだけだ。

拒《こば》まれなかったのをいいことに、唇で肌を辿りながら秘部を目指す。さすがに膝を過ぎると、緒方が足を閉じようとした。それをやんわりと押し返し、腿《もも》の内側に口づける。

「ひゃ、あ」

目の前には萌《きざ》しかけの果芯がある。くすみのない桃色で、本当に果実のようだ。

口づけたいのを我慢し、まずは緒方を見上げる。

「ここ、舐《な》めてもいいですか?」

「――――」

やはり無理やりに押し倒さなくて正解だった。

緒方はきっと自分が優位に立っていると安心するのだろう。赤い顔で目をしばたたかせたかと思うと、つっと視線を逸《そ》らし、「ちょっとだけならその、構へんけどな」としどろもどろで答える。

あまりのかわいさに、ぐっと欲望がせり上がってきた。

なんとか自分を律し、まずは桃色の先端にちゅっと口づける。

「あっ……」

愛撫のうちにも入らない。けれど果芯はたちまち反《そ》り返り、仁科の前で透明な雫《しずく》を滲《にじ》ませる。

それを舌でからめとり、今度は括《くび》れを辿《たど》ってやる。

「う、あ……ん」

蜜口《みつぐち》がぷくりと膨《ふく》らみ、また露《つゆ》を吐きだす。垂《た》れたところを舌で掬《すく》い、根元にまぶすようにして塗りつける。果芯がぶるっと跳ねあがり、裏筋を見せてきた。赤みの強い肉色に誘われ、次は根元から陰嚢《いんのう》までをたっぷり舐めてやる。

だが唇で扱《しご》くことはしない。

きっと緒方は焦《じ》れたのだ。急に仁科の頭をぽかぽかと叩き始めた。

「ちょ、あかんって……もう、やめや、やめやめ」

「こんなになってるのに？」

聞き入れたふりで唇を離すと、緒方が「ううーっ」と顔をしかめる。

「お前がちゃんとせえへんからやっ」

「ちゃんとって？　ちょっとだけって言ったのは緒方さんですよ」

「う、う、うーっ」

焦らすな！　ということが言いたいのだろうが、仁科は焦らしたくてやっている。欲求と恥じらいの狭間《はざま》で揺れる緒方は、本当にかわいらしい。

「してほしいことがあるんなら、せめて足くらいは広げてほしいですね」

「な、なんやと……！」

キッと緒方の眉がつりあがる。怒らせたかと思いきや、緒方は気持ちを整えるかのようにふぅふぅと息をしてから、おずおずと足を開き始める。

自ら足を広げることもそうなら、溶け落ちそうなほど顔を赤くした緒方を目の当《ま》たりにすることもそうそうない。羞恥《しゅうち》に染まった頬と情欲に潤《うる》んだ眸、そして足の間できゅっと持ちあがった果芯を眼差しで二巡する。

「おま、ぜったい許さへんからな……っ」

これは脅《おど》し文句だろうか。最初の夜にも感じたとおり、怖いどころか色っぽい。

緒方は顔を真っ赤にしながらも、仁科の言うままに足を広げてくれたのだ。ここまでされて応えないわけにはいかず、緒方の股座《またぐら》に顔を近づけ、そそり立つものすべてを口に収める。

「ひゃあ……ぁっ、ん……」

だめだと訴えるようにかぶりを振られたが、舌に触れる漲《みなぎ》りの熱さや、滲みでる露の量は、緒方本人よりも正直だ。望みどおりに極めさせてやろうとなおも深く咥《くわ》え込み、音を立てて果肉の弾力を味わう。

「っんあ、は……ぁ」

びくんびくんと立て続けに緒方の体が跳ねる。

くしゃっと強く髪の毛を握られた。同時に仁科の喉に熱い情液が放たれる。

まさか男のものを唇で受け止める日が来るとは思ってもいなかった。わざと顎を持ちあげ、緒方を見つめながら情液を飲みくだす。緒方がいっそう頬を赤くする。

「そ、そんなんされたら、困ってまうやん……」

「どうして？　俺は飲みたいから飲んだだけですよ」

射精をすると、途端に醒めてしまうのが男の生理だ。分かっているからこそ、余韻《よいん》に打ち震える幹《みき》にしつこく舌を絡めてやる。果芯はとろっと残滓《ざんし》を吐きだしてから、またゆるゆると反り始める。

「も、ええって。続けて二回もいけへん」

「そんなこと言わないでくださいよ。こっちは何回もいかせたくてやってるんです」

「なんで……ちょ、あっ、は……あ」

感じやすい体だということは知っている。だが二度目はあっさり射精させるつもりはない。最後に亀頭の縁を舐めてから、わざとキスノイズを立てて唇から果芯を引き抜く。

「あ……」

ふいに途切れてしまった愛撫に、緒方が戸惑っているのが分かる。

快感の波が引いてしまってからでは遅い。

「ベッドに行きませんか？」

と、膝頭《ひざがしら》の丸みを撫でながら訊いてみる。

緒方は一瞬目を見開くと、困ったような表情をして太腿を閉じた。

「お前、俺に変なことしようって考えてるんやろ」

最初の夜はこのおかしな貞操観念におどろいた。

緒方はたぶんセックスをするのが怖いのだ。経験したことがないからだろう。けれどペニスに刺激を与えれば快感を得られることは知っている。だから気持ちのいいことだけを求めようとする。

かわいい悪魔はどこまでもずるい。

とはいえ、仁科としても記憶が飛ぶと分かっている相手とセックスするのは気が引ける。だからこそ、馬鹿のように二キロも泳いでこの夜に臨《のぞ》んだのだ。

「緒方さんが想像しているようなことはしませんよ。気持ちよくなるのは緒方さんだけです」

「そんなんうそや」

「うそじゃないですってば。俺は緒方さんのことが好きだって言いましたよね？　だから感じてるところを見たいんです。それ以上のことは、緒方さんがねだってくれるまで我慢しますから」

緒方は少し考えてから、「ほんまか？」と訊いてくる。

「ええ。本当です」

「せ、せやったらはよぉ……。俺、もう我慢できひん……」

寝室はリビングを出てすぐだ。切羽《せっぱ》つまった表情でしがみついてきた緒方を抱きあげ、連れていく。その間も我慢できないのか、緒方は湿った鼻息を洩らしながら仁科の首筋に噛みついてくる。

「緒方さん、くすぐったい」

「悪さできひんように威嚇《いかく》してんねん」

「あ、威嚇だったんだ。一応危険は察知してるんですね」

「……危険？」

「冗談ですよ」

緒方をベッドに下ろしながら、さりげなくバスローブを取り払う。

緒方は何も言わない。熱っぽい眸を仁科に向け、首筋に腕を絡ませてくる。これが恋人でなくて何なのだろう。胸が軋《きし》むのを感じながら、緒方の下肢に手を伸ばす。

「……っは、あ……」

甘い声に耳たぶをくすぐられた。最初の夜とはちがい、今夜は直《じか》に触れてもいいらしい。

一歩前進しているのが分かり、唇がほころぶ。とっくに凝《こご》っている漲りを手のひらで包み、乱暴にならないように気をつけて扱いてやる。果芯だけでなく溢れる先走りも熱くて、こっちまで溶けてしまいそうだ。

「気持ちいいですか？」

「うん……めっちゃええ」

じょじょに緒方の足の開きが大きくなっていく。

わざと扱くのをゆっくりにすると、物足りなかったのか、緒方がもじっと腰をうごめかし、仁科の手のひらに雄根《ゆうこん》を擦りつけてきた。意識してなのか無意識なのか、悪魔はどこまでも快楽に従順だ。

(そろそろいいかな)

ちらりと緒方を窺ってから、陰嚢を包むふりで後孔《こうこう》に指を触れさせる。

びくんっと細い肩が跳ねた。

「そこ、ちゃう」

「撫でるだけですから」

「あかんって、痛いやん」

「これが?」

仁科の手は緒方の先走りで濡れている。絡んだ露を後孔の襞《ひだ》に塗り込むようにして指を使うと、緒方が眉根を寄せる。

「痛《いた》ない、かもしれへん」

「でしょう?」

指の腹で撫でているだけでも、蕾《つぼみ》のひくつきがよく分かる。きゅっと窄《すぼ》まってはふっとほころぶ。まるで小さな唇でキスされているようだ。

だが後孔ばかりいじっていて、緒方にへそを曲げられては困る。切なげにそそり立つ屹立《きつりつ》にも時折指を絡め、快楽の波が引いてしまわないように気をつける。

「なんか……変や。ぞわぞわってする……」

「どっちが?」

緒方は答えない。交差させた腕で目許を覆い、唇をへの字に曲げている。

ということはこっちなんだろうなと察しをつけ、後孔の襞を撫でてやる。たぶん当たりだったのだ。緒方が腰を跳ねさせる。

「あかんあかん、そこはほんまにあかんって」

「どうして?」

「俺があかんって言うたらあかんねん。もう尻はいじんなや」

まさか逃げたつもりなのか、緒方がくるっと横向きになって体を丸める。

おかげで仰向けのときよりも触れやすくなった。尻たぶをほんの少し指で開いてから、割れ目に顔を埋《うず》める。

「ちょ、ちょおっ」

「舐めさせてください。緒方さんのここ、かわいいから」

「ななな、何言うてんねん。ししし、尻なんかお前……っ」

じっくり眺めるのはあとにして、ひくつく小さな蕾を舐めまわす。

緒方は「あかんあかんあかーんっ」と騒いでいたが、仁科を蹴り飛ばしてまで抗《あらが》うつもりはないようだ。酔っ払いなりのやさしさなのか、感じ始めているせいか。きっと両方だろう。下肢の狭間の陰茎《いんけい》は萎《な》えるどころか硬起を強め、シーツにか細く飛沫《しぶき》を飛ばしている。

「緒方さん、どう？　気持ちよくないですか？」

「……ぅ……」

たぶんまんざらでもないのだ。緒方はすでに騒ぐのをやめていて、仁科のされるがままになっている。ときどきちらっと振り向いて、尻の狭間に顔を埋めている仁科を確かめているのがかわいらしい。

「舐めるより、もっと気持ちいいことがあるんですよ。試してみます？」

「……もっと？」

「そう、もっと」

仁科は体を起こすと、ベッドヘッドに腕を伸ばした。

緒方のために用意したものは、シルクのバスローブだけではない。最初の夜のあの奔放ぶりが忘れられず、今夜の約束をとりつけたときに買ってしまったもの。色気のあるデザートのひとつ目だ。

緒方のほうも体を起こし、仁科が取りだしたボトルを覗き込む。

「なんやの、それ。化粧水か？」

「んー、半分正解かな。ローションですよ。体の大事なところを潤ませる用の。変な薬じゃないので安心してください」

仁科はボトルのキャップを外すと、緒方の手のひらにローションを数滴垂らしてやった。

とろみの強いテクスチャーで、ほんのりと温かい。

「ふぅん。蜂蜜《はちみつ》みたいやな。……で、どこに塗るん？」

「だから、体の大事なところです」

きょとんと瞬《またた》いている緒方をベッドに転がし、四つ這いにさせる。「わっ」と叫ばれたが、構わず尻の膨らみにローションを垂らし、ついでに陰茎にもまぶしてやる。

「ひゃ、あ、あ」

てんでに垂れるローションに、緒方がびくびくと腰をわななかす。尻たぶを左右に押し開くと、ローションは割れ目にも垂れていく。

濡れた後孔の淫靡《いんび》さに思わず釘づけになってしまった。小さな孔《あな》は艶《つや》のある露をまとわせ、ひくんひくんとうごめいている。泣いているようにも見えるし、喘《あえ》いでいるようにも見える。

奥のほうも見たくて押し開く手に力を込める。

孔が歪《ゆが》み、内襞が覗く。蕩《とろ》けるようなばら色だ。

「やばいです。緒方さんのここ、めちゃくちゃきれいだ」

ごくっと唾を飲み、ぱくぱくと喘いでいる後孔に指を差し入れる。

「あぁっ、あ……っ」

ローションのおかげでいとも簡単に中指の第一関節が埋《う》まった。

きゅうっと締めつけてくるのがたまらない。奥のほうまで確かめたいのをこらえ、まずは入り口のほんの際《きわ》のところをほぐしていく。

「おま、ほんまにあかんって。なんでそんな……ぁっ、あ」

「どうしても無理だったらやめますから。だからちょっとだけ。ね？」

怯《おび》える内襞をなだめるように、やさしくやさしく中指で円を描く。

肌よりも熱くて指の先が溶け落ちそうだ。じょじょにやわらかくなってきたのが分かったので、今度は第二関節まで埋めてみる。くぷっと小さく湿った音が立つ。

「どうです？　気持ちいいですか？」

「うぅ、う」

緒方は尻を高く掲げたスタイルで、ぶんぶんと首を横に振っている。

あまりよくないのだろうか。「ごめんなさい、痛かったですか？」と訊きながら指を抜くと、緒方がはっとした表情で振り向き、「あかんっ」と叫ぶ。

「い、嫌ちゃうねん。やめんといて」

緒方は言うだけ言うと、また顔をシーツに埋め、ぶんぶんと首を横に振り始める。

どうしてこうも昼間の姿からは想像もつかない乱れ方をするのだろう。自分の雄《おす》を捻《ね》じ込《こ》みたい衝動に駆られたが、今夜はぜったいに手は出さないと決めている。欲情にまみれた息を吐いてから、緒方が望んだとおりに再び中指を差し込む。

「ああ……っ」

「うれしいな。嫌じゃなくなったんですね、お尻いじられるの」

「い、言わんでもええやんか」

「言いますよ、かわいいから」

尻の膨らみに口づけてから、二本目も差し込んでみる。

緒方は「んっ」と呻《うめ》いて弓なりになったものの、それだけだった。すぐに腰の力を抜き、二本の指が与える律動を味わい始める。引っきりなしに洩れる嬌声《きょうせい》はどこまでも甘い。

このまま抱くことができたらどんなにいいだろう。汗ばんだ肌を合わせ、恋人同士のように求め合いたかったが、緒方が望んでいるのはひたすら快感を享受《きょうじゅ》することだ。

（ほんと、ずるいよなぁ）

けれど男を受け入れる快感を知ってしまったら、次は無邪気にそれをねだってくるかもしれない。緒方は男同士のセックスを知らないから欲しがらないだけで、快楽には従順なのだ。あかんと拒んだはずの、後孔への愛撫に夢中になっているように。

どう口説《くど》いても翌朝には忘れられてしまうのだから、せめてセックスだけは、緒方のほうから「したい」と言わせたい。

今夜はその下地を作るため、用意しているものがある。

仁科は緒方のなかから指を抜くと、枕元を探った。

「もう、おしまいなん？」

とろんとした目で緒方が訊く。

「まだですよ。何回もいかせたいって言いませんでしたっけ？」

だったらどうしてやめるんだと訊きたげな表情で、緒方が体を起こす。

仁科は枕元に隠していたものを緒方に見せた。

ローションに続く、色気のあるデザートの二つ目。ネットサイトで吟味《ぎんみ》に吟味を重ねて購入したものだ。

「これ、分かります？　バイブレーター。緒方さんのかわいいお尻に挿《い》れたくて」

ショッキングピンクの男根風の玩具《がんぐ》を目にした途端、緒方が耳まで赤くする。

「お、お前、変態やろ」

「緒方さんほどじゃないですけどね」

「なっ……！」

緒方はキッと眉をつりあげつつも、ちらちらと仁科の手のなかのバイブレーターを盗み見ている。気になってしようがないらしい。分かりやすい反応に思わず笑ってしまった。

「こういうの、使ったことあります？」

「あるわけないやん」

「でも使い方は知ってるんですよね？」

「……そらまぁ、なんとなくな」

緒方がバイブの亀頭《きとう》部分をちょんちょんとつつく。

しばらく見つめてから、今度は中指と親指で作った輪っかでバイブの太さを確かめる。

「そこそこ大人サイズやん。こんなん入らへんと思うで？」

「入りますよ。初心者向けのいちばん細いタイプのものですから」

スイッチを入れると、ショッキングピンクの肉棒が振動し、捏《こ》ねるような動きを見せる。

緒方が小さく唾を飲んだのが分かった。

「い、痛《いた》ないの？」

「緒方さんが痛がるようなことはしませんよ」

言いながら、さきほどのローションをバイブレーターに塗りつける。

「ちょっとだけ挿れてみてもいいですか？　本当は俺のを挿れたいんですけど、今夜のところはひとまず玩具《おもちゃ》でお試しってことで。緒方さんが嫌だったらすぐにやめます。だけどきっと気持ちいいと思いますよ。俺の指だって悪くなかったんでしょう？」

緒方が考えるように視線をさまよわす。

「ほんまに俺があかんって言うたらやめてくれるんか？」

「もちろん」

たぶん緒方の脳内では、不安と興味が天秤《てんびん》にかけられている。

かわいい悪魔はどちらを選ぶだろう。見守る仁科の前で、緒方はゆるゆると四つ這いの姿勢をとり、つんと尻を持ちあげる。

「ほ、ほな、ちょっとだけな」

あまりにも蠱惑的《こわくてき》なポーズをとられてしまい、一気に興奮した。

目の前にいるのは本当に鬼の緒方なのだろうか。尻から背中へと続くなだらかな曲線をしっかり脳裏に焼きつけてから、濡れそぼつ割れ目にバイブレーターをあてがう。

「楽にしててくださいね」

「……ん」

後孔は二本の指ですでに寛《くつろ》げられている。バイブを握る手にほんの少し力を込めただけで、ぐぷっと音を立てて亀頭の部分が埋まった。

「っあ、あ……」

緒方がぶんぶんと首を横に振る。

この首振りの意味がよく分からない。さすがにバイブとなるときついのかもしれない。ローションを足すつもりで引き抜くと、緒方が振り向いて「あかんっ」と叫ぶ。

「嫌とか言うてへんやん、なんでお前はもうっ」

「だって緒方さん、首を振るから」

「こ、これは……もじもじしてるんや。いちいち気にせんでええ」

真っ赤な顔で言い訳され、思わず噴きだしてしまった。

恥ずかしくてたまらないという意味の首振りだったらしい。快楽を欲しがりつつも恥じらうのは、最初の夜と変わらない。

「緒方さんってほんと、素面のときとは全然ちがうんですね」

言いながら、再びバイブを後孔に埋めてやる。

「ぁは、ん」

亀頭を呑み込めば根元まで咥えるのは簡単で、蕾はぬるりと襞を広げ、ショッキングピンクの幹を包み込む。だが奥のほうはまだ硬いようだ。慎重にバイブを進め、閉じている肉襞を割っていく。

「大丈夫そうですか?」

「ん……ええかも。……っあ、仁科はやらしいこと、いっぱいできんねんな」

「相手が緒方さんですからね」

「意味が分からへんわ。なんでそんな……っは、あ……ん」

声音が甘くなった頃を見計らい、バイブのスイッチを入れてみる。

緒方が「ひゃっ」と悲鳴を上げ、太腿を震わせた。

「す、すご……なんやの、これ……ぁあっ、あっ」

「一応、弱です」

「っはあ、あ……あかん、ぐしょぐしょになってまうっ」

かぶりを振りながら、緒方がシーツに縋《すが》りつく。

右手に伝わるこの振動が緒方の内側を攪拌《かくはん》しているのかと思うと、たまらなくなった。

一度バイブを引き抜き、くねる男根《だんこん》の淫猥《いんわい》ぶりを眺めてから、緒方のなかに戻す。たったそれだけの間も待てなかったようで、緒方が自ら尻を突きだしてバイブに食らいつく。

「緒方さん、やらしすぎ」

「う、あっん、だって変にな……ぁあっ、はあ」

がくっと緒方の上半身がへたり、尻だけを掲げるスタイルになった。

すっかり反り返った果芯は下腹に触れるほどで、弧を描きながらシーツに先走りの蜜を散らしている。しかし後ろへの刺激だけでは極めることができないらしい。半泣きの声で緒方がせがむ。

「なあ、前も……前もっ」

「我慢してください。もしかしたら後ろでいけるかもしれませんよ?」

「あかんて、はよおっ」

「じゃあ少しだけ」

そそり立つ果芯に手を這わすと、緒方は「あうぅ」と啼《な》いて弓なりになり、大量の白濁《はくだく》をシーツに撒《ま》き散らす。

「ほら、すぐに終わっちゃったじゃないですか」

わざと責めるように言い、けれどバイブは抜いてやらない。振動をマックスにして、また抜き差しを繰り返す。緒方の体内でぬるんだローションが泡を立てながら滴《したた》り、仁科の右手まで濡らしていく。

「はうう、う、あ……っあ、あ」

緒方は余韻《よいん》を感じる間もなく発情してしまったらしい。たったいま放ったばかりの果芯がぐぐっと凝っていくのが見える。

快楽に喘ぐ緒方を目に焼きつけたくて、四つ這いの姿勢から仰向《あおむ》けに変える。

さすがに対面で攻められるのは恥ずかしかったのか、緒方がくしゃっと顔を歪める。

「あかんて、見んな」

「見せてください。だって緒方さん、めちゃくちゃ色っぽい——」

片方の膝裏を押しあげてから、あらためて緒方の秘部にバイブをあてがう。

抜き差しのたびにめくれる肉襞の、ぽってりとしたばら色がいやらしい。これを玩具が味わっているのかと思うと、妬心《としん》が湧いた。たまらず平伏し、バイブを呑み込む後孔の縁に舌を這わす。

「ちょおっ、おま、変態……！」

「バイブ、抜きますよ？」

緒方が「あかんっ」と叫び、仁科の頭をかき抱く。

感じているのは緒方のはずなのに、頭の芯が痺《しび》れてどうしようもない。いつの間にかこめかみに汗の粒が浮いていた。

「すごいよ、緒方さん。とろとろになってる」

「っふあ、あぁ……前もっ、なあ」

「こっち？」

バイブで攻めたまま、露にまみれた果芯に食《は》みつく。

緒方が一際甲高《ひときわかんだか》い声で啼き、腰を躍らせる。

「ぁあ、あ……めっちゃええ、死んでまう……ぅ」

「もっともっと気持ちよくさせてあげます。俺のものもいつか欲しくなるように――」

快楽を分かち合えないのはつらいが、きっといまだけだ。

三度目の部屋飲みの夜には、頬を染めた緒方にねだられるかもしれない。「俺な、仁科とえっちしたいねん」と、かわいらしい関西弁で。

そんなことを夢想しつつ、緒方のこぼした情液を喉で受け止める。

まだ終わらせない――。

管《くだ》に残った雫を吸いあげながら、くねるバイブを最奥《さいおう》めがけて差し込む。甘くかすれた声が寝室に満ちる。

――ふっ、と目が覚めた。

同時に緒方の顔が飛び込んできて、息を呑む。

(夢……かな?)

力を込めて瞬いてみる。が、消えない。ということは夢じゃない。

反射的にがばっと飛び起きて、ソファーの上だと気づく。

緒方はすでに服を着ている。昨日と同じ、黒いシャツと細身のデニムパンツ。肩越しには見慣れたリビングの風景が広がっている。

「おはよう。悪いな、昨夜も泊めてもらったみたいで」

たったそれだけの言葉で、緒方がもとの緒方に戻っているのが分かった。

急速に頭の芯が冷えていく。腕のなかで乱れた緒方がいない。

目覚めた瞬間よりも強く、夢だと思う。思いたかった。朝を迎えたいまこそ、悪い夢のなかにいるのだと。

「俺がソファーでよかったのに」

「……え?」

「だから、寝る場所。目が覚めたらひとりでお前のベッドに寝転がっててさ、すげーびびった。相変わらず全裸だし。またひどい酔い方をしたんだろ? 本当にごめん」

ばつが悪そうに緒方が睫毛を伏せる。

昨夜のことをかけらでも覚えているのなら、こんな表情はできないだろう。無性に虚《むな》しさがこみ上げてきた。同時にほんの少しの安堵も覚える。

許せなかったのは、ほっとした自分のほうだ。

歪んだ目許を緒方に見られないよう、咄嗟《とっさ》に両手で髪をかき上げる。

「すみません。水、持ってきてもらえませんか？　冷蔵庫にミネラルウォーターのペットボトルが入ってるんで」

「了解」

緒方を遠ざけたあとで、大きく息をつく。

――あかん。俺、もういかれへん。

緒方がベッドに伸びて白旗《しらはた》を掲《かか》げたのは、夜中の二時頃だっただろうか。「もう寝る」とぐずる緒方になんとかシャワーを浴びさせ、その間に寝室を整えた。

シーツも真新しいものに替えたし、バイブレーターとローションもクローゼットの奥に隠している。これで緒方に服を着せることができていたなら完璧だっただろうが、緒方はシャワーを終えて早々、バスマットの上で眠ってしまったので、濡れた体を拭《ふ》いてベッドに運んでやるのが精いっぱいだった。

証拠を隠滅《いんめつ》したのは認める。

だからといって、本当にきれいさっぱり昨夜のことを忘れてしまうのはどうなのか。

二度目のため息をついたとき、緒方がペットボトルを持って戻ってきた。

「もしかして二日酔いか？」

「まあ、はい。飲みすぎまして、昨夜は」

水を一気に半分ほど飲んだあとで、深く考えずに緒方にペットボトルを差しだす。

困惑した様子で瞬かれてしまい、察した。ジャージの袖《そで》で飲み口を拭いてから、「よかったらどうぞ」と言葉を添える。

「あ、ありがとう」

緒方が遠慮がちにペットボトルに口をつける。

同じペットボトルで水を飲むには抵抗がある——この距離こそ、現実なのだろう。

あなたのペニスもアナルも俺は散々舐めたんですけどね、と言いたくなった。めちゃくちゃ感じてましたよ、緒方さん。いやらしい声をいっぱい出して。

(だめだ、意地が悪すぎる)

尖る心を自制して、なんとか口角《こうかく》を持ちあげる。

「緒方さんのほうはどうですか？　体、しんどくないです？」

緒方は「あ……」と呟くと、ラグの辺りに視線をさまよわせる。

「俺もその、二日酔いかも。体が変にだるくてさ。あと三時間くらいは眠れそう」

でしょうね、と思わず言いそうになった。

あれだけ射精すれば、だるくもなるだろう。違和感を覚えないほうがおかしい。

「ベッド、使ってくれて構わないですよ。俺は朝食の支度をしますので」

「いや、そこまでじゃない。大丈夫だ」

「ならいいですけど」

緒方と向かい合っていると、余計なことを言ってしまいそうになる。「捨ててきます」とわざわざ宣言して、ペットボトルを持ってソファーを立つ。

まさか緒方が追いかけてくるとは思ってもいなかった。

「なあ。昨日の俺はどうだった？　やっぱりひどかったか？」

振り向くと、真剣な眼差しとぶつかった。

緒方は緒方なりに、酔っているときの自分を気にしているらしい。なんだか後ろめたくなり、冷蔵庫のなかを探るふりで視線を逸らす。

「そうでもなかったですよ。服を脱ぐのは相変わらずでしたけど、昨夜はバスローブを着てくれましたから、ずっと裸ってわけじゃなかったですし」

「バスローブ？」

「ええ。用意してたんです。全裸だと俺が目のやり場に困るので」

緒方がかすかに目の縁を赤くして、「そっか」と呟く。

「あとは特に。あ、酔うと緒方さん、関西弁になるんです。前回もそうでした」

「関西弁？　……とっくに抜けたと思っていたんだが」

「ああ、だから普段は使ってないんですね。酔ってるときの緒方さんは、関西弁で暑いと騒いでから服を脱ぐというのがデフォルトです。思考が関西弁に変わる瞬間はないですか？　記憶の飛ぶ境目はそこかもしれませんよ」

うそはついていない。一応昨夜の部屋飲みは、緒方がどのくらいの酒量で酔い始めるか、記憶をなくすボーダーラインはどこなのか、その辺りを探るという目的があったのだ。

緒方は生真面目に「なるほどな」とうなずいている。

「悪いな、二回も酔っ払いの相手をさせちまって。疲れただろ」

「全然。俺のほうは楽しかったです。緒方さんが忘れてしまった緒方さんも、楽しんでくれてたらいいんですけどね」

緒方はしばらく視線を宙に漂《ただよ》わせてから、仁科を見る。

「たぶん、楽しかったと思うよ」

「え？」

「忘れちまったけど、楽しかった気がする。ありがとう、付き合ってくれて」

昨夜の記憶があれば、同じことはぜったいに言わないだろう。はにかむように睫毛を伏せる緒方を見て、胸に鈍《にぶ》い痛みが広がる。

結局、緒方は朝食もそこそこに帰っていった。ワインとぶどうについて調べたいことがあるとかで、図書館に行きたいのだという。いつもの仁科なら同行したいと申し出ていただろうが、今日ばかりはそういう気分になれなかった。

「ではまた月曜日に」

玄関の前で緒方を見送ってから、深いため息をつく。

胸に沈むこの感情はいったい何なのだろう。後ろめたさや良心といったものなのかもしれない。どうして覚えていないんだという苛立ちもまじっている。

ふつうは一夜ごとに距離をつめるものだ。

けれど緒方が相手だと、翌朝には振りだしに戻る。

だったら酒抜きでとも思うが、素面の緒方との距離は果てしなく遠い。どうやっても届かないのなら、アルコールという名の媚薬《びやく》を介在《かいざい》させて、心よりも先に体を籠絡《ろうらく》させるほうが近道な気がする。好きなんだからいいよなと、自分の下心に言い訳をして。

（……何なんだ、このただれた恋は）

言いようのない虚しさに苛《さいな》まれたが、三度目の夜には進展があるかもしれない。

いや、きっとある。そう信じて自分を鼓舞《こぶ》させていたものの、肝心《かんじん》の三度目を誘う機会に恵まれないまま、日々だけが過ぎていった。

香港でのコンベンションまであと三週間――。

仕事が佳境《かきょう》に差しかかっているこの時期に、恋愛にうつつを抜かしてはいられない。

緒方はすべての段取りを一日も早く終わらせたいようで、ここ数日、チーム内はまるで明日にでも日本を発《た》つかのような慌ただしさに見舞われている。

もちろん緒方は見事なまでの鬼モードだ。ヘルプで入った新人のプランナーが立て続けにミスを犯してしまったせいもある。なんとか仁科がフォローにまわって事なきを得たものの、緒方の殺気を鎮めるほどの余裕は持ち合わせていない。仁科は仁科で、自身に割り振られた仕事をこなしていくのがやっとな状況だ。

「仁科」

おかげで緒方に名前を呼ばれると、びくっと肩が跳ねあがるようになってしまった。

これは仁科に限ったことではない。山本《やまもと》にいたっては「ひっ」と息を呑むのが定着してしまい、毎度のように緒方を不機嫌にさせている。

「何でしょう」

さっと席を立ち、緒方のデスクに向かう。

指摘出しでもされるのかと思いきや、緒方が差しだしてきたのは、決定済みの外装《がいそう》サンプルとパンフレット、それから進捗《しんちょく》状況をまとめたらしいファイルだった。

「悪いけど、いまからこれを三木《みき》に届けてやってくれないか？　実は先週からずっとプロジェクトの進捗を知りたいってせっつかれてるんだよ。見舞いがてらに俺が届けるつもりだったんだが、この調子じゃ今日も残業だ。他のメンバーは自分の仕事にかかりっきりだろ？　どう見てもお前がいちばん余裕がありそうだから」

前リーダーの三木はいまだに入院中だ。届けに行くのは構わないが、最後の一言には納得がいかない。つっと眉をひそめる。

「俺、余裕ありそうですか？　これでも必死になって緒方さんについていってる状況なんですけど」

本音を冗談にまぎらせて言うと、「だから俺についてきてんのがお前しかいないって意味だよ」と緒方が笑う。

もしかして褒《ほ》められたのだろうか。緒方の言葉と表情で、ささくれていた心がいとも簡単に丸みを帯びる。恋とは人を単純にするものらしい。自然と笑みがこぼれ出る。

「分かりました。では俺が三木さんのところへ行ってきます」

「お、助かる。じゃ、気分転換にひとっ走りしてきてくれ」

「ひとっ走り？」

「相手が取引先じゃないからタクシーは使えないんだ。最近経理がうるさくて」

目の前で銀色の鍵を揺らされ、理解した。どうやら自転車で行けということらしい。

三木が入院している病院は郊外にあるので、鉄道の路線から大幅に外れている。電車とバスを乗り継いで向かうより、自転車を飛ばしたほうがたぶん早く着く。帰宅ラッシュの始まる夕方だとなおさらだ。とはいえ、片道四十分はかかるだろうが。

「俺の自転車、見たことあるよな?」

「ええ。シルバーブルーのスポーツタイプですよね?」

「それそれ。駐輪場の防犯灯の真下に停めてあるから」

「了解です」

仁科が鍵を受けとると、緒方が「そうだ」と呟き、デスクの抽斗《ひきだし》を探る。

他にも届けてほしいものがあるのかと思いきや、緒方が取りだしたのはマフラーだった。

「よかったら使うか?」

「……え?」

「いや、持ってるんならいいんだけど。お前、地下鉄通勤だろ? 自転車って結構寒いぞ」

自転車はともかく、マフラーは直接肌に触れるものだ。そう簡単に他人に貸す気にはならないだろうものを当たり前のように差しだされ、面食らう。

もしかして、仁科が思っているほど、緒方との距離は離れていないのかもしれない。

「ありがとうございます。お借りします」

「気をつけて行ってこいよ。念のために言っておくが、直帰《ちょっき》は不可だ」

鼻筋に皺《しわ》を寄せる緒方に「分かってます」と苦笑を返し、アーガイル柄のマフラーを首に巻きつける。バーベナのように涼やかで甘い、緒方の髪の匂いがした。

病院まではざっと十キロ。帰宅ラッシュでこみ合う道路を尻目に、颯爽《さっそう》とペダルを漕《こ》ぐ。思ったとおり、四十分ほどで病院に辿り着いた。夕食が始まらないうちにと思い、急ぎ足で病室に向かう。

「失礼します。仁科です」

軽くノックをしてから、病室の引き戸を開ける。

三木は個室のベッドの上で雑誌をめくっていた。仁科の姿を認めた途端、「おおっ」と弾んだ声を上げる。

「めっちゃ久しぶりやん。わざわざ来てくれたんか?」

「ええ、緒方さんから頼まれて。足の具合はいかがですか?」

「もう退屈でしょうがないわ。どこにも行かれへんねんで? 退院したあともリハビリが待ってるしな。マンションの踊り場なんかでふざけるんやなかったわ」

ひとしきり三木の愚痴《ぐち》を聞いてから、外装のサンプルとパンフレットを取りだす。

入院中でも上司なのは変わらない。受けとった三木の第一声が「おっ、ええやん」だったのでほっとした。

「それからこちらが進捗状況をまとめたファイルです。かなり前倒しで準備をしていますので、コンベンションには十分間に合うかと」

「どれどれ――」

三木が真剣な表情でファイルをめくる。

しばらくすると、くくっと噴きだし、肩を揺らし始めた。

「ほんまや、めっちゃ前倒しでやってるやん。緒方のやつ、飛ばしてんなぁ。こんなんついていけへんやろ？　山本とかひぃひぃ言ってんのとちゃうか？」

「……言ってます」

「せやろー？　ったく、ようもここまで仕事の鬼になれるもんや。あいつは加減っちゅうもんを知らへんからなぁ」

さすが緒方と同期とあってよく知っている。

確かに緒方は仕事の鬼だ。たとえば三日が作業期間として妥当《だとう》な作業でも、緒方は一日でやり遂げることを求めてくる。緒方自身は同じ作業を一日でこなす上、フォローにまわる余裕も持ち合わせているので、誰も文句は言えない。必死になって食らいついていくしかないのだ。

「チーム内は戦場のような状態ですよ。緒方さんについていくのが本当に大変で」

スツールに腰を下ろしながら苦笑すると、三木が声を立てて笑う。

「涼しい顔して猛進《もうしん》タイプやろ？　昔からああやねん。どうやっても変わらへんわ」

「昔からって？」

尋ね返したことに深い意味はなかった。

三木は緒方と仲がよく、緒方のことを「遥《はるか》」と呼んでいるのを聞いたことがある。二人は同郷というだけでなく、幼なじみでもあるらしい。当然仁科の知らない緒方の姿も三木は知っているわけで、興味を覚えただけだ。

「ま、小学生の頃からやろか。それより前は知らへんし」

「へえ、そんなに昔から」

きっと眉間《みけん》に皺《しわ》を寄せた顔で授業を受けていたのだろう。周りのクラスメイトたちも緒方の扱いに困っていたかもしれない。勝手な想像をして口許《くちもと》を緩《ゆる》めていると、目敏《めざと》く気づいたらしい三木が真面目な顔をする。

「笑いごととちゃうで？　あいつんちは複雑なんや。猛進タイプになるのもしゃあないわ」

「どういうことですか？」

思わず身を乗りだしたものの、三木は仁科を相手に深い話をする気はないようだ。

「ま、人生いろいろってことで」

と、話題を切り上げ、再びファイルをめくり始める。

「三木さん、教えてくださいい。気になるじゃないですか」

「他人のプライベートをぺらぺらしゃべる馬鹿がどこにいんねん。気になるんやったら緒方に直接訊くのが筋やろが」

「それはまあそうですが……」

好みのタイプすら答えてくれない人が、生まれ育った家のことを教えてくれるとは思えない。

迷った末に、「実は緒方さんのことで悩んでまして」と打ち明けると、三木がおどろいた様子で顔を上げる。

「なんやねん。なんかあったんか?」

「ああいえ、何というわけじゃないんですが——」

しばらく逡巡したあとで口を開く。

「俺はもう少し緒方さんと距離をつめていきたいんです。以前から尊敬してましたし、仕事の進め方も参考になることが多いので。だけどなかなか距離をつめることができなくて。緒方さんって周囲と距離をとりたがるところがないですか? 踏み込んできた相手は容赦《ようしゃ》なくはねのける、みたいな。俺もシャットアウトされてるような気がするんですよね」

さすがに緒方を酔わせてしたことまでは口にできない。

素面の緒方に近づきたいのに近づけない、本音のかけらひとつも見せてもらえない不安を仕事に絡めて話すと、三木は難しい顔で腕組みをする。

「仁科。お前、口は堅いほうか?」

「ええ。誰にも言うなとおっしゃるのなら、ぜったいに誰にも言いません」

「ほんまやろな。約束破ったらしばきまわすぞ」

三木は病室の引き戸が閉まっているのを目で確かめてから、仁科に顔を寄せてくる。

「緒方のお袋さんはな、親父さんの二人目の嫁やねん」

二人目ということは、前妻とは離婚なり死別なりしたのだろう。

よくある話だと思い、「ええ」とうなずく。

「せやけど、緒方が生まれたのはお袋さんと親父さんが籍《せき》を入れる前や」

「というと、緒方さんはお母さんの連れ子ということですか？」

「ちゃうちゃう。緒方はれっきとした親父さんの子や。顔も声も骨格もそっくりやしな」

うん？　と首を捻《ひね》ったあとで理解した。

緒方の父は前妻と婚姻中に、愛人――すなわち緒方の母となる女性と関係を持ち、子どもを作ったということらしい。

これもまあ、ときにある話だ。「なるほど」と仁科が応えると、三木もうなずく。

「親が籍を入れて、晴れて正真正銘の親子になれたと思うやろ？　ちゃうねん。緒方は施設に預けられてん」

「……はい？」

「そのあと妹が三人生まれてな。お袋さんと親父さんと妹三人はいっしょに暮らしててんけど、緒方は相変わらず施設暮らしやったんやって。親元に引き取られたんは、小学校に上がるぎりぎり前やったと思うで」

入籍までは理解できた。

しかしその先がまったく理解できず、三木を見つめながら何度も瞬く。

緒方が生まれたからこそ、緒方の父と母は籍を入れたのではないのか。経済的な理由から子どもを育てられないというのならまだ分かる。それならそれで、どうして三人も娘を作ったのだろう。最初に生まれた子ども――緒方を施設に預けたままで。

「あの、意味が分からないんですが」

仁科が正直に伝えると、三木は細く息を吐きだす。

「関西いうても、俺らの地元は超がつくほど田舎やねん。親父さんが前妻さんと離婚したんも、子どもができひんからや。男子の跡継ぎっちゅうのはそれだけ大事やってことや」

「だけど緒方さんは施設に入れられてたんですよね？　大事な跡継ぎなのに」

「せやから、跡継ぎは結婚してから生まれるほうがええってことやろ。緒方がちょっと体が弱かったのも親父さんは気に入らんかったらしい」

三木は「でもな――」と話を続ける。

籍を入れたあとに生まれるのは女の子ばかり。そうこうしているうちに母親の年齢が上がり、もう男子は望めないかもしれないと考えた両親は、施設に預けていた緒方を引き取ることにしたのだという。

「なんですか、それ。緒方さんがかわいそうじゃないですか」

あまりの話に、吐き捨てるように言ってしまった。三木も「そやろ……?」と複雑な表情をする。

小学校時代の緒方の所作は、箸《はし》の上げ下ろしから日常の仕草のひとつひとつまで、まるでテストに臨《のぞ》んでいるかのように研《と》ぎ澄まされたものだったらしい。子どもらしくふざけることも笑うこともせず、ただ前だけを睨《にら》むように見据えていたと三木は話す。

「完璧な子どもやないと、施設に戻されるって思うてたんかもな。ぼくは跡継ぎやからとか、長男やからとかよう言うてたわ。せやけど、中学に上がってからは親父さんと衝突することが増えてん。そらそうやろ。もし弟が生まれとったら自分はいらへん子やったんかって話になるやん。家にはもうおりとうないって、寮のある東京の高校に進学したわ」

三木はため息をつくと、緒方の作成したファイルに目を落とす。

「あいつが完璧主義の猛進タイプなんは、そうでないと許されへん環境で育ったからや。せやから前は見えても周りは見えへん。自分の弱い部分を知られとうないから、ガードもかとうなる。ほんまはさびしがり屋なんやと思うで。プランナーは人と人とを繋げる仕事やろ。人が嫌いなやつにはできひんわ」

雑談ではとても片づけられない話だ。聞かせてほしいと頼んだのは自分なのに、頭のなかが白くなり、何も言葉が出てこない。

「なあ、仁科。お前はどっちかっていうと器用なタイプやろ? うまいこと、緒方を支えてくれへんか？　距離なんてもんはそのうち自然と縮まるよ。緒方は人よりちょっと偏屈《へんくつ》なだけや。ええところもちゃんとある」

「あ、はい。……がんばります」

あまりにも衝撃が大きくて、ぐだついた返事しかできなかった。それでも三木は安心したようで、「頼むで！」と仁科の肩を小突いてくる。

「ついでに訊くけどな、お前、緒方の車で松島ファームまで行ったんやってな。緒方のやつ、実家に寄らへんかったか？」

「実家、ですか」

行きの道中では眠ってしまったので、はっきりしたことは分からない。

とはいえ、緒方が実家に寄ればいくらなんでも気づくだろう。帰りは一睡もしなかったので、立ち寄っていないと断言できる。

「寄ってないですね。緒方さんは早く仕事を終えて帰京したかったみたいですから」

「そっか。寄らへんかったか」

三木はがっくりと肩を落とし、こめかみをかく。

「あいつ、もう何年も帰省してないねん。実家と距離を置きたい気持ちは分かるし、当然やとも思う。せやけど、子どもの顔を見とうない親なんておらへんで。俺は自分が親になって分かったんや。松島ファームの仕事に関わらせたら、親御さんとの距離も縮まるかな思うて、今回のプロジェクトに緒方を推薦したんやけど……」

「えっ、三木さんが新リーダーに緒方さんを推《お》したのはそういう理由だったんですか？」

「どあほう。ついでに理由をつけるとしたらの話や」

確かにクライアントが地元のファームなら、地元に出向く機会は少なからずあるだろう。実際に緒方は仁科と二人で松島ファームに挨拶に行っているのだ。今回新リーダーにならなければ、故郷の地を踏むつもりはなかったのかもしれない。

「やっぱり親に会いたくないんやろなぁ。親も老いていくんやけどなぁ」

三木がため息まじりにぼやいたとき、ノックもなしにいきなり病室の引き戸が開いた。

他人に聞かれたくない話をしていたときだったので、本気でおどろいてしまった。仰け反《ぞ》るようにして振り返り、仁科と同じくらいおどろいているらしい男の子と視線がぶつかる。

「こら、祐太《ゆうた》。コンコンしてから開けろっていつも言うてるやんか」

「……コ、コンコン……」

「いまさら口で言うても遅いわ。父ちゃんもお客さんも心臓止まるかと思うたで」

どうやら三木の息子らしい。なんだ、とほっと息をつく。

仁科が「こんにちは」と微笑みかけると、男の子はだだっとベッドの側《そば》まで駆けてきて、がしっと三木にしがみついてから、「こんにちは……」と小さな小さな声で言う。

「すまん、仁科。うちの息子な、超ド級の人見知りやねん。俺に似てんのはかわいらしいこの顔だけや」

春にはお兄ちゃんになるねんけどなぁと三木は続けていたが、その声はBGMのように耳の表を撫でていくだけで、頭に入ってこない。ただただ、息子の頭を愛《いと》おしげに撫でる三木の手に釘《くぎ》づけになる。

幼い日の緒方は、こんなふうに頭を撫でられたことがあるのだろうか。

自分は守られ、愛されている。肌でそれを実感し、安心しきった表情でうっとりと目を細めたことは——？

仁科は立ちあがった。慌てたせいでガタッとスツールが音を立てる。

「三木さん、俺はそろそろ仕事に戻ります。お邪魔しました」

「なんやの、まだええやんか。うちの息子が来たってことは、嫁もそろそろ来るで？　たぶんのっそりのっそり歩いてんねん。せっかくやから紹介するわ」

「いえ、それが結構作業がつまっていて……すみません、また来ます。お大事になさってください」

無理やり笑顔を作り、逃げるようにして病室を飛びだす。

引き戸を閉めたところで、お腹の大きな女性がこちらに歩いてくるのが見えた。きっと三木の妻だろう。会釈《えしゃく》だけして足早に通りすぎる。「あの……」と呼びかける声が背中に触れたが、聞こえないふりをした。

考えなければいけないことが山のようにある。けれど、何から考えていいのか分からない。

緒方はきっと、幾重《いくえ》にも幾重にも鎧《よろい》をまとっている。

さびしさや不安、虚《むな》しさを覆うため、幼い頃から一枚、また一枚と重ねた防具。

もはやひとりでは脱ぎ捨てることができないのかもしれないし、馴染みすぎて重さも痛みも感じないのかもしれない。

ただ、アルコールを飲んだときだけ、その鎧がほころびる。

緒方の願いはただひとつ。

――俺な、俺な、いっぺんでええから誰かにぎゅううってされてみたかってん。

たとえば南向きの窓に射す陽のように、あたたかくてやさしいもの。心も体も丸ごと受け止めてくれる、確かな両腕。

緒方が欲しいのはそれだけだ。

それなのに仁科は、二番目、三番目にねだられたものを、一番目にすり替えた。

手のなかには緒方の貸してくれたマフラーがある。

寒ければあたたかいものを――それはいたってシンプルなやさしさだ。だが企《たくら》みを持って緒方を酔わせ、玩具まで使って乱す行為にやさしさはあっただろうか。

好きという気持ちにうそはない。

同じチームになってから、考えるのは緒方のことばかりだ。

もはや憧れではなく恋になっているというのに、この両腕は緒方を守るでもなく包むでもなく、もてあそぶことしかしていない。

自分で自分の恋心を汚したことにようやく気づき、愕然《がくぜん》とする。気持ちの悪い汗が一気に額に噴きだした。

＊＊＊

「さて、帰るかな」

オフィス内に仁科《にしな》しかいないのをいいことに、緒方《おがた》は声に出して呟く。

コンベンションまであと十日。土壇場《どたんば》で慌てるとろくなことにならないので、早め早めに仕上げていくのが緒方のモットーだ。おかげでコンベンションのブース用の資材もほぼ揃い、あとはこまごましたものを準備すればいつでも香港に旅立てる。

仁科、帰るぞ。そう声をかけるつもりで、五つ向こうのデスクに首を伸ばす。

——あ、まただ。

気づいたのと同時に、複雑な思いにとらわれる。

最近の仁科は、作業の合間合間にふと目を伏せることが多い。

いまもそうだ。顎《あご》に手をやり、うつむきがちにパソコンの画面に見入っている。

何かを考えているようにも見えるし、心ここにあらずなふうにも見える。緒方が気づいているとは思ってもいないだろうが。

「どうした。まだ作業が残っているのか？」

訊きながら椅子を立ち、仁科のデスクに歩み寄る。

仁科ははっと顔を上げると、パソコンを緒方のほうに向けてきた。

「今日納品されたパネルの写真を松島《まつしま》さんに送ってたんですよ。たったいま返事が届いて、すごく気に入ってくれたみたいで」

「おっ、本当か」

パネルはコンベンション用の資材のひとつで、ブースのバックに掲《かか》げる予定のものだ。松島から提供されたぶどう園の写真のうち、パネル向きの一枚を使っている。

想像以上の出来映えだったので、皆で手を叩いて喜んだほどだ。写真でパネルを確認した松島も同じ思いだったのかもしれない。仁科の受けとったメールには、コンベンションが終わったら社屋《しゃおく》に飾りたいので譲《ゆず》っていただきたい、ぜったいに廃棄《はいき》しないでくれとある。

「安心しました。正直、松島さんの反応が怖かったんですよね。引きの写真を使用するか、アップの写真を使用するかで、松島さんと意見が割れてしまったので」

ああ、と緒方は苦笑する。

だから晴れない表情でパソコンの画面をじっと見つめていたのか。

「アップを推《お》して正解だっただろ。三百以上のブースのなかで目立たなきゃいけないんだ。引きの写真は草原にしか見えねえよ。葉っぱもぶどうも緑なんだからさ」

「草原って」

仁科があははと笑って、パソコンを正面に戻す。

よかった。仁科の表情はいつもと変わらない。

「俺の作業は松島さんに返信したら終わりです。緒方さんのほうはどうですか？　何か作業が残ってるなら手伝いますよ」

「いや、もう終わってる。そろそろ帰ろうかなと思ってたところだ」

「あ、だったら下までいっしょに降りましょう。三分ほど待ってもらえますか？」

「了解」

いつの間にか仁科には自然体に近い態度で接することができるようになった。

年下の男にはめずらしい、包容力のせいかもしれない。仁科は細やかな気づかいをしてくれるし、ときには一歩引くことも、先に立って歩くこともする。

きっと三十歳の緒方より、内面が大人なのだ。仕事ができて容姿もよくて、さらには性格もいいなんて最高だ。

（あーあ。仁科が恋する相手ってどんなタイプなんだろうな。年上なのか年下なのか、美人系なのかかわいい系なのか……）

考えても詮《せん》ないことを考えながらダウンジャケットに袖《そで》を通していると、仁科が席を立つのが見えた。チャコールグレーのコートをさっと羽織《はお》ってから、緒方のもとへやってくる。

「お待たせしました。緒方さん、帰りましょうか」

「おう」

オフィスの照明を落としてから、並んでエレベーターホールに向かう。

エレベーターホールの暖房はすでにオフになっていて肌寒い。四台あるエレベーターはどれも一階にとどまっているようだ。仁科が下降のボタンを押してから、緒方に微笑みかける。

「コンベンションの準備はほぼ整いましたね。香港、楽しみだな。俺、海外出張って初めてなんですよ」

「そうだったんだ。香港はメシがうまいからいいぞ。街もきれいだし」

「食べものが美味《おい》しいのはいいですよね。最近冬めいてきましたから、あたたかいものが食べたいな」

「だったらコンベンションの前にチームメンバーでメシでも食いに行くか。ばんばんケツ叩いて急《せ》かしたから、俺がおごるよ。慰労会ってことで。この調子なら、明日以降は定時で上がれるだろ」

「本当に？　やった。俺、段取りをつけますよ。金曜の夜でいいですか？」

「ああ」とうなずき、昇ってきた一台に二人で乗り込む。

とっくに九時をまわっているせいか、エレベーターのなかはどことなく薄暗い。十、九、八、と順に点灯しては消えていく階数表示を見つめる仁科の横顔にも、夜の気配がまといつく。

（あ……）

また、仁科の睫毛《まつげ》が下向きになった。

たったいままでふつうに会話を交わしていたというのに。

疲れているのか？　そう訊こうとしたとき、ふいに仁科が緒方を見る。

「飲んじゃだめですよ、緒方さんは」

「……え？」

「慰労会のことです。お願いですから、緒方さんはお酒を飲まないでくださいね」

「ああ、もちろん」

「よかった」

薄暗いせいで見まちがえてしまったのかもしれない。仁科の目許《めもと》には穏やかな笑みがたたえられている。

「何が食べたいですか？　お酒はなしでと俺がお願いしたので、お店は緒方さん好みのところを探します」

「ええっと、そうだな……鍋とか」

「あ、いいですね。ひとり暮らしだと鍋ってする機会がないから」

一階に辿《たど》り着いた。

開ボタンを押した仁科に促《うなが》され、先にエレベーターを降りる。

「明日、他のメンバーに都合を訊いておきますね。当日になってやっぱり今日も残業だとかは勘弁してくださいよ」

「ないない。俺が両足の骨でも折らない限り、大丈夫だろ」

「うわ、やめてください。洒落《しゃれ》にならないので」

仁科と並んで笑う日が来るとは思ってもいなかった。

あと、十歩。ビルを出てしまえば、仁科は地下鉄の駅に向かい、緒方は駐輪場に向かう。

もう少しとなりを歩いていたいと騒ぐ心をどう鎮《しず》めればいいのだろう。さりげなく唇を嚙み、マフラーを首に巻きつけながら自動ドアをくぐる。

ふと立ち止まり、「あ……」と呟いたのは仁科だった。

つられて緒方も足を止める。仁科と同じく「あっ」と声が出た。

細く光を放つ、色とりどりのきらめき。目の前の通りの街路樹が、昨夜にはなかったイルミネーションで飾られている。

「そっか。十二月というとクリスマスですもんね。コンベンションに気をとられていてすっかり忘れてました」

仁科が苦笑を向けてくる。

「俺も」と同じように苦笑を返したつもりだが、うまく笑えたかどうか。

深い緑のなかで点滅を繰り返す小さな光。たったそれだけのものに孤独をなぞられ、胸が苦しくなる。

クリスマスもそうだし、年の瀬も正月もそうだ。どうして冬はひとりで過ごしづらい行事ばかりがあるのだろう。冬は愉快犯《ゆかいはん》のようにいたずらにナイフを振りまわし、毎年緒方を切りつけてくる。

子どもの頃からずっとだ。クリスマスケーキを前にしてはしゃぐのも、父と母にまとわりつきながらテレビを観るのも、「大きくなったね」と祖父母に頭を撫でられるのも、すべて妹たち。どうやっても家族の輪に入れず、能面のような顔で佇《たたず》む自分の姿がよみがえる。

「どうかしましたか?」

仁科に横顔を覗かれ、はっとした。

「ああいや、一年ってあっという間なんだなと思って。もうクリスマスが近いのか」

「ほんと早いですよね。この間まで夏だったのに」

仁科は目を細めて街路樹を見上げると、「じゃあ俺はこっちなんで」と、地下鉄の駅に続くほうをさす。

「ああ、お疲れさま」

「お疲れさまです」

ビジネスで使う『お疲れさま』にはいろんな意味がある。終業後は『さようなら』。仁科の一日も、緒方の一日も終わったということだ。

歩きだす仁科の背中を微動だにせず見つめる。

開いていく距離とは裏腹に、鼓動があからさまな強さで喉《のど》を打つ。

きっとクリスマス用のイルミネーションなんかを見てしまったせいだ。寒くてさびしい冬は

今年で終わりにしたい。いや、高望みをするんじゃない。——二人の自分が胸の内側でせめぎ合う。

どうしよう、追いかけてみようか。

待て、帰る方向だってちがうのに追いかけてどうする。

（……嫌なんだ。ひとりきりで過ごすのは、もう）

つま先に力を込めたとき、ふいに仁科が振り返った。

ちらっと一度、だが二度目は完全に足を止めてまで、緒方に目を凝《こ》らす。

立ち尽くしていることに気づかれてしまい、動こうにも動けなくなった。

仁科ならぜったいに引き返してくる。思ったとおり、開いていたはずの距離が見る見るうちに縮まっていく。

溺《おぼ》れかけているところを助けられたような気がして、胸がつまった。

「緒方さん、もしかして今日は自転車じゃないんですか？」

この声が好きだ。

それから、肩のライン。緒方のほうが顎を持ちあげ、初めて合う視線も。

「緒方さん？」

仁科がわずかに背を折り、覗き込んでくる。

こういうときに恋愛スキルの高いやつはどうするのだろう。もしかして何も言わずに相手の胸に額《ひたい》を預けてみたりして、隠している想いも不安もさびしさも、すべて伝えてしまうのだろうか。

（ああ、俺にはできない芸当だ）

ひとりうなずいてから、唇の端を持ちあげる。

「なんでもない。ちょっとぼんやりしてただけだ。自分で思う以上に疲れてるのかもな。冬は昔から苦手でさ」

仁科はほっとしたのか、表情をやわらげる。

「じっと立ってるからびっくりするじゃないですか。緒方さんでも疲れることがあるんですね。俺は無敵の人かと思ってました」

「んなわけねえだろ。風邪だって引くし、たまには熱も出す」

「だったらあたたかくしておかないと」

仁科は小さく笑うと、緒方の首元に手を伸ばす。

どうもマフラーがおかしなふうに捩《ねじ》れていたらしい。「ここ、曲がってますよ」と言いながら、緒方のマフラーを整え始める。

（あ――）

近い。睫毛の密さも唇の形もよく分かる。

いままでにない距離だ。勝手に鼓動が色めき立っていく。

「あ、あのさ――」

自分の鼓動に後押しされ、唇を開く。

「その、またお前といっしょに飲みたいなと思って。都合が合えばの話なんだけど」

仁科がはっとして顔を上げる。

一度目の部屋飲みは、松島ファームのワインを試飲《しいん》しなければいけないという理由があった。二度目は仁科のほうから誘われた。だから三度目は自分から――。

緒方としては一歩踏みだしたつもりだった。

それがまさか、気まずそうに仁科に視線を逸《そ》らされてしまうとは。

「ええっと、そうですね、また都合が合えば。……だけどコンベンションの会期中は嫌でも飲まないといけませんよね？　お酒ばかり続くのはしんどくないですか？　緒方さんはもともとあまり飲まない人なんですし」

一瞬で察し、目を瞠《みは》る。——ていよく断られた。

いままでの仁科ならきっと二つ返事で誘いに乗ったはず。当たり前のように信じていた自分を恥じ入るのと同時に、とてつもなくはしたないことを口にした気分になった。

「そ、そうだよな。なんだかんだ言ってもコンベンションは十日後なんだし、いまの時期にわざわざ飲まなくてもいい、か」

「三百以上のブースがあるんですよね？　きっと緒方さんも俺も松島さんに引っ張られて、他のブースのワインを試飲してまわるはめになりますよ。ワインはともかく、蒸留酒のほうは俺、ちょっと苦手なんですよね」

「分かる。ワインと蒸留酒、ダブルはきついよな」

「でしょう？」

仁科はかすかに笑ったものの、しばらくして睫毛を伏せる。

憂《うれ》いのあるこの表情――今日も何度か目にしたものだ。真向かいに立っているのだから、今度ばかりは見まちがいではない。もしかして、最近の仁科を憂鬱《ゆううつ》にさせているのは自分なのだろうか。初めてそのことに思い至り、愕然《がくぜん》とする。

仁科はまだ睫毛を伏せている。顔色もどことなく白いような――。

息をつめて見守っていると、仁科がようやく緒方を見る。

「実は俺、緒方さんに話したいことがあるんです。コンベンションが終わってからでいいので、お時間をとっていただけませんか？」

「……話したい、こと？」

「ええ。話というかその、まずは謝りたいことがありまして」

想像もしていなかったことを言われてしまい、面食らった。

仁科に不快なことをされた覚えはないし、言われたこともない。心当たりがまるでなく、ただただ瞬《まばた》きを繰り返す。

「いきなりどうしたんだ。気になるからいま言ってくれ」

言ってくれさえすれば、ああ、それはお前の勘ちがいだよ、と笑い飛ばす自信があった。だからこそせっついたのに、仁科は強張《こわば》った表情で「いえ」と首を横に振る。

「いまは話したくないです。コンベンションの前に緒方さんと気まずくなりたくないので」

言うと、気まずくなるようなこと——？

意味が分からず、かけるべき言葉も見つからず、胸を打つ音だけがどんどん重くなる。

「すみません、突然でしたね。だけどいつかは切りださなきゃと思っていて」

ああ、だからだ。だから最近ずっと、仁科は仕事の合間に憂鬱そうな表情をしていたのだ。

自分が原因だったことを確信し、吐く息が震えてしまう。

「そっか。……分かった。コンベンションが終わったら話をしよう」

「ありがとうございます」

約束をとりつけることができて気が楽になったらしい。仁科はかすかに微笑むと緒方に頭を下げる。

「ではまた明日。失礼します」

「ああ。お疲れさま」

仁科が背を向けて歩きだすのを見届けてから、うつむきがちに駐輪場へ向かう。

自分はいったい仁科の何を見ていたのだろう。身構えず言葉を交わせるようになり、親しくなったと勘ちがいしていたのかもしれない。誘いを断られることも、思いつめた表情で話があると打ち明けられることも、何ひとつ想像していなかった。

薄暗い駐輪場には緒方の自転車だけが残っている。

(持ち主がひとりぼっちだから、こいつもひとりぼっちなのか)

自嘲気味に唇の端を持ちあげ、ポケットから鍵を取りだす。

思いきり落ち込んでいるときにきらびやかなイルミネーションは見たくない。緒方は遠まわりになるのを承知で裏通りに漕《こ》ぎだした。


恋愛ひとつまともにできないくせに、どうして十二月というとクリスマスをまっさきに思い浮かべてしまうのだろう。

十二月、イコール忘年会シーズンでもあることを、緒方はすっかり忘れていた。

おかげで仁科は慰労会用の店を押さえるのにかなり苦労したらしい。

会社からほど近いところにある鍋の店はどこも予約でいっぱいで、その全店にキャンセル待ちを申し込んだところ、当日になってなんとか確保できたのが、モツ鍋屋のカウンター、六人横並びという席だ。

「すみません。座敷はどうやっても無理でした」

生真面目《きまじめ》に頭を下げる仁科を誰が責められよう。謝らなければいけないのは、むしろ緒方のほうだ。

「余計な手間をかけさせて悪かった。俺が思いつきで言ったばっかりに」

「緒方さんのせいじゃないですよ。忘年会シーズンだなんて俺も忘れてたので」

——そう。仁科を責める気はいっさいないのだ。

だが終業後にいざ向かったモツ鍋屋で、緒方のとなりに仁科ではなく、山本《やまもと》が座ったことだけは納得がいかない。

「うわー、ここのモツ、やわらかい。あ、緒方さん、大腸もらいますねー」

「…………」

緒方は一応チームリーダーだ。

入店して早々、「まずは緒方さんからお好きな席にどうぞ」とチームメンバーに言われ、カウンターの突き当たり、柱の右どなりという席を選んだまではよかった。

問題はそのあとだ。まさか誰も緒方のとなりには座りたくないということなのか、ジャンケンだのくじ引きだのと意見が割れ、結局入社順に座ることになったらしい。

仁科は入社順となると六番目。緒方からいちばん遠い席になる。対して山本は、緒方の一年あとに入社してきた男だ。入社順だと山本がとなりになるのは仕方ないといえば仕方ないのだが、ただでさえ下がり気味の気分がますます下がる気がして嫌になる。

その上、モツ鍋は二人前が三セット。だから緒方は山本と同じ鍋をつつかなければいけない。

（くそう。お前は俺の横に来いって仁科に言えばよかった……）

嚙みきれなかったモツを、ウーロン茶で流し込む。

――『実は俺、緒方さんに話したいことがあるんです』

仁科にそう告げられたときはショックを受けたが、日が経《た》つにつれ、冷静になってきた。仕事の話をした流れであれを言われたわけではない。ということは、仕事絡みの話ではないと予測している。

引き金になったのはきっと緒方の一言だ。

――『その、またお前といっしょに飲みたいなと思って』

あの誘いをしたとき、仁科はあきらかにうろたえていた。断りの言い訳も無理があったといまなら分かる。

確かにコンベンションでは松島といっしょに他のブースのワインを試飲してまわるはめにな

るだろう。ならば、「コンベンションが終わってからにしませんか?」と提案すればいい。「飲みたいときはいつでも俺がお付き合いしますから」と言ったのは仁科のほうなのだから。

「うーん、なんだろな」

キャベツをつつきながら、記憶の整理をはかる。

山本は右どなりのプランナーとしゃべりながらビールを飲んでいるので、小難しい顔で考え込む緒方には気づいてもいない。

──『飲みたいときはいつでも俺がお付き合いしますから』

これを言われたのは、最初の部屋飲みの翌朝だ。

乳首を舐《な》めさせるというとんでもないことをしでかしたのにもかかわらず、仁科にとってはたいした問題ではなかったのだろう。だからこそ、二度目の部屋飲みに緒方を誘った。ここまでは自分の解釈でまちがいないと思う。

しかし、三度目を緒方のほうから誘うと遠まわしに断ってきた──。

(うん? 二度目の部屋飲みのときになんかあったってことか?)

キャベツを噛む口が止まる。

そういえば、二度目の部屋飲みの翌朝は、仁科の様子がどことなく苛立《いらだ》っていた気がする。飲みすぎてしまったようなことを言っていたので、あまり負担をかけるのもどうかと思い、緒方は図書館へ行くという口実を作り、早々に仁科のマンションを出たのだ。

もしかして飲みすぎたというのはうそで、緒方の酔い方に呆れるなり、腹を立てるなりしていたのかもしれない。

（だったら仁科が謝りたいのは、泥酔《でいすい》した俺に腹が立って殴ってしまった、とかかな。怒鳴りつけたとかもあり得るぞ。いや、実はすっぽんぽんで縛《しば》りあげて、明け方まで床に転がしてたとか——）

何にせよ、あの夜の記憶はきれいに消えてしまっているので確かめようがない。

しかし二度目の部屋飲みのときに何かあったらしい——というところまでは推理できた。

（それにしても俺ってどういう酔い方してんだろ。一度見てみたいよな、自分の醜態《しゅうたい》を）

うーんと考えながら鍋に箸《はし》を伸ばしたとき、モツがひとつも残っていないことに気がついた。

スープにはキャベツともやしの切れ端が漂っているだけで、具らしいものもない。

「てめ、何完食してんだ、俺がちょっと考えごとをしてるまに」

「ふへ？」

ぐいっと山本の肩を摑み、振り向かせる。

目がとろんとしているし、頬も赤い。あきらかに出来あがっている顔だ。

「ほほう。お前は食うだけじゃなくて飲むこともしたんだな」

「何怖い顔してんですかー。慰労会って言ったじゃないですか。今日は無礼講《ぶれいこう》でしょ？」

「無礼講までは言ってねえ。今日は俺がこき使ったチームメンバーたちを慰労しようと思っただけで、てめえみたいにろくに仕事もせずに文句ばっか垂《た》れてるやつを――」

緒方が言っている途中で、山本が店員に向かって右手を突きあげる。

「すみませーん、モツとキャベツともやしを追加で二人前。あと、ビールも！」

「おま、まだ飲み食いする気かよ」

「だって今日は緒方さんのおごりって聞いたんで。ごちになりまっす」

「………」

どうも山本は酒癖があまりよくないらしい。ただでさえ気軽に緒方の地雷を踏んでくる傾向があったのに、アルコールが入っているせいでさらにそれが顕著《けんちょ》になった。

「緒方さんは彼女いないいんですかー？　たまには噂のひとつくらい浮かせてみましょうよ」

と、馴れ馴れしく肩を組んできたかと思えば、

「やっぱそのきっつい性格のせいで女の子が寄ってこないいんですかね。もうちょっとまあるくなんないと、彼女なんて一生できないっすよ」

と、したり顔で説教を垂れてくる。

もはや蹴《け》りまわすだけでは足りない所行《しょぎょう》だ。

「てめ、いい加減にしろよ」

思いきり眉根を寄せた顔で凄《すご》んでみるも、酔っ払いに素面《しらふ》の言葉は通じない。腹立ちまぎれに「てめえはどうなんだ」と話題を投げ返すと、シメのラーメンが投入されるまで、恋人のの

ろけを聞かされた。

いったいなぜ、と声を大にして訊きたい。

なぜ性根《しょうね》の腐《くさ》っている山本のような男にも恋人がいるのに、自分にはいないのか。

どうして仁科に遠まわしに拒《こば》まれてしまうのか。

仁科ともっと話がしたい。少しでも長く同じ空間にいたい。互いに笑い合い、仕事以外の話も交わせる関係になりたい。

もうずっと、そればかりを願っている。

（くそう。俺の春はどれだけ遠いんだ……）

六人分の会計を終えて店を出ると、小雪がちらちらと舞っていた。

やはり春は果てしなく遠いらしい。げんなりしながらマフラーを首に巻きつける。

ほろ酔いのチームメンバーたちに「ごちそうさまでした」と口々に声をかけられるなか、仁科が緒方の側《そば》にやってくる。

「緒方さん、ごちそうさまです」

丁寧に頭を下げたあと、なぜか耳に唇を寄せられた。

「大丈夫でしたか？　悪酔いした山本さんに絡《から》まれたって聞きましたけど」

ふっと耳たぶに触れた吐息に胸を締めつけられる。

こんなふうに仕事と関係のない気づかいをしてくるから、いつまでも分不相応な願いを手放せないのだ。

お前が俺のとなりに来ないからだ！　と言い募《つの》って困らせてみたい。もちろん実行する勇気などないが。

「お前は山本の心配をしてやったほうがいいぞ。近いうちに俺はあいつを蹴りまわすからな」

緒方が冗談で返すと、仁科はひとつ瞬《またた》いてから噴きだす。

「じゃあ、緒方さんの心配をするのはやめておきますね」

「いや、少しは心配してくれて構わない」

わざと渋面《じゅうめん》を作ってみせると、仁科がまた笑う。

そう、こういう感じで十分なのだ。どうでもいい雑談を、仕事の合間に笑って交わせるような関係になれれば――。

胸を切なくさせていたとき、後ろから誰かに飛びつかれ、「うあっ」と叫んでつんのめる。

「緒方さあーん、二軒目行きましょーっ！」

振り向かないでも分かる。この声は山本だ。

「いい加減にしろ。誰がてめえにこれ以上タダ酒なんか飲ませるもんか。週明けに二日酔いを引きずってたら、本気でぶっ飛ばすからな」

顔をしかめて吐き捨てたのと同時に、仁科が緒方の背中から山本を剝《は》ぎとる。

「山本さん、酔いすぎですよ。タクシーを呼びますからもう帰りましょう」

「なんだとー。俺を除《の》け者にしてみんなで二軒目に行くつもりなんだろー」

「行きませんって。コンベンション前なので一次会でお開きです。最初からそういう話だったじゃないですか」

仁科だけでなく残りの三人もこんこんと山本に言い聞かせていたが、何分《なにぶん》泥酔しているので会話が成り立たない。そうこうしているうちにタクシーがやってきた。

五人がかりで山本から住所を聞きだしたところ、どうやら緒方だけが山本と同じ方面らしく、皆が皆、いっせいに緒方のほうを見る。

「俺にこいつを家まで送り届けろって？」

こくこくと三人がうなずく。「だめですよ」と強い口調で言ったのは仁科だった。

「緒方さんは自転車じゃないですか。俺が山本さんといっしょにタクシーで帰ります」

そうは言っても、逆方向の仁科に山本を預けるのは気が引ける。

結局仁科には会社の駐輪場に自転車を移動させることを頼み、緒方は山本と同じタクシーで帰ることにした。

「緒方さーん。社内で鬼って呼ばれてるの、知ってますかー？」

「知ってるよ」

「緒方さんと同じチームになるとですねー、毛根《もうこん》が死滅《しめつ》するって噂なんですよー」

「だったらお前の頭はズラか。三回に一回は俺のチームだもんな。せいぜい育毛《いくもう》に励《はげ》めよ」

「俺はふっさふさですよー。緒方さんのほうがやばいかも」

「どこがだ」

タクシーに乗り込んだあとも、山本はへらへら笑って緒方の地雷を踏み続ける。

これほど酔っ払いの相手が面倒で苛つくものだとは思ってもいなかった。よく仁科は二度も緒方に付き合ってくれたことだと思う。手に負えないと分かったからこそ、二度で終わってしまったのだろうが。

「あれー、どうしたんすか？　しょんぼり眉毛なんか下げちゃって」

「んだと？」

「捨てられたシベリアンハスキーみたいですよ。眉毛下げてもかわいくなーい」

「てめ、本当にぶっ飛ばすぞ」

巻き舌で凄《すご》んでみせてから、タクシーのなかだということを思いだした。運転手がバックミラー越しに怪訝《けげん》そうな視線を寄越す。しかし山本は一向《いっこう》に堪《こた》えておらず、緒方にべったりともたれてくると、バックミラーの辺りに人差し指を向ける。

「知ってますー？　タクシーってビデオカメラがついてるんですよ。ドライブレコーダーってやつです。緒方さんが俺をぶっ飛ばした場合、証拠として残ってしまいますから、残りの人生、棒に振っちゃうことになりますよー？」

「ああ？」

ビデオカメラ――どうして思いつかなかったのだろう。

この脳があてにならないのだから、別の記憶メディアを用意しておけばいいのだ。

部屋にビデオカメラを仕掛けて酒を飲めば、酔っている自分の姿を翌日以降に確認することができる。

一筋の光が見えた。がしっと強く山本の肩を抱く。

「お前、冴えてるな。さすが俺の下で働いてきただけあるぞ」

「えへへー？」

幸い、ビデオカメラは松島ファームに持っていった私物がある。バッテリーは自然放電しているだろうが、まったく撮れないことはないだろう。「飲みたいときはいつでも俺がお付き合いしますから」とまで言ってくれた仁科に拒まれてしまうほどの醜態なのだ。これは大いに確認しておく必要がある。

だがひとりで飲むのは不安だ。

しばらく思案《しあん》してから、ちらりと山本を見る。

「お前、二軒目に行きたいって言ってたよな？」

「行きたいでっす！」

「よーし、だったら俺のマンションで飲もう。コンビニに寄ってやるから、ビールでも酎《ちゅう》ハイでもワインでも好きなもんを選べ。支払いは俺がする。鬼の緒方と二人きりで飲める機会なんざ滅多《めった》にねえぞ。お前、ついてるな」

素面のときの山本なら、あわあわと断りの言い訳を繰りだしていただろうが、酔っているせいで冷静な判断ができなかったらしい。「やったー！」と満面の笑みで飛びついてくる。

「こら、くっつくな。酒くさいんだよ、てめえは」

山本を押しやりながら、ふと仁科の言葉を思いだす。

——『俺以外の誰かとはお酒を飲まないでください』

——『特に男はぜったいにNGです』

（うん？　これは山本と飲むのはまずいということか？）

けれども山本はただの同僚だし、こいつと飲みたいわけではない。あくまで、酔っている自分の姿を撮影するというのが目的の部屋飲みだ。カウントされても困る。

「緒方さんって太っ腹ー。じゃんじゃん飲ませていただきまーっす」

「分かった分かった。そのかわり、俺が素っ裸で部屋を飛びだしそうになったら、全力で止めるんだぞ？　俺は側溝《そっこう》に挟まったこともある男だ。ぜったいに気を抜くな」

自分の姿を撮ることさえできれば、仁科に拒まれた理由もきっと分かるはず——。

興奮気味の山本の肩を叩きながら、緒方は行き先を自分のマンションにほど近いコンビニに変更した。

＊＊＊

「……ん？」

仁科《にしな》は髪を洗う手を止め、耳を澄ませた。

リビングでスマートフォンが鳴っている。

（誰だろ、こんな時間に）

慰労会を終えたのが夜の十時頃だ。マンションに帰り着いてからソファーで寛《くつろ》いだりしていたので、そろそろ日付けが変わろうかという時刻にちがいない。

誰からの電話か気になったものの、泡だらけの体ではどうしようもない。まあいいかと後まわしにしてシャワーを続けていたのだが、着信音は途切れてもまたすぐに鳴り響く。さすがに尋常でないものを感じ、仁科はバスタオルを引っかけてバスルームを飛びだした。

ローテーブルの上にあるスマホを掴み、眉をひそめる。

画面には、同じチームのプランナー、山本《やまもと》の名前が表示されている。

山本は慰労会で泥酔《でいすい》したので、緒方《おがた》がタクシーで送り届けているはずだ。まさか電話で絡《から》んでくるつもりなのだろうか。緒方以外の酔っ払いの相手はしたくない。じゃっかん警戒しつつ通話ボタンを押すと、山本の絶叫が聞こえた。

あまりの声量におどろいて、思わずスマホを耳から遠ざける。

『たたた助けてくれえーっ、仁科仁科仁科、仁科ぁあー！』

「山本さん？」

『頼む、いますぐ来てくれ！　助けてくれよぉお』

助けてくれと言われても、状況がまったく分からない。人のざわめきや風の音のようなものは聞こえないので、たぶん室内――自分の部屋だろう。寝ようとしたところで寝室にゴキブリでも出たのかもしれない。勝手に察しをつけ、短く息をつく。

「すみません。俺、もう寝るところなんですよ。自分でどうにかできませんか？」

『そそそんなこと言うなよぉ、頼む、助けてくれえーっ』

どうして俺が、と口のなかで呟く。

山本は一応先輩ではあるものの、尊敬できる部分がまるでない。面倒な仕事は何やかんやと理由をつけて周りに押しつけるし、仕事が切羽《せっぱ》つまっているときでも定時で帰ろうとする。緒方のことで陰口を叩くのはしょっちゅうだ。

「俺、明日早いんで」

適当なことを言って切ろうとしたとき、電話の向こうで何かが砕《くだ》ける音がした。

山本が『ひいぃ』と悲鳴を上げる。

「どうかしましたか？」

『だーかーらーっ、どうかしてるからお前に電話してんだろぉおっ』

山本はほとんど涙声になっている。

どうやらゴキブリが出た類《たぐ》いのことではないらしい。慌ててスマホを耳に押しつける。

「山本さん、いまどこです？　自宅ですか？」

『ちがうちがう、緒方さんのマンションだよ！』

「……緒方さんの、マンション？」

どうして山本が緒方のマンションにいるのだろう。仁科ですら、招かれたことがないというのに。

スマホを耳にあてがったまま固まっていると、ふいに緒方の声が聞こえてきた。

『てめ、どこに電話しててんねん。長いわ、はよ終わらせろや』

『いえその、仁科くんとバトンタッチをしようかと思いま……うがっ』

『仁科は関係あらへんやろが。今日はお前と飲むっちゅうて決めてんねん』

すっと血の気《け》が引いた。

巻き舌の関西弁――まちがいない、緒方は酔っている。

「山本さん、すぐにそちらに向かいます。場所を教えてください」

『えっと、みみ、港区の――』

山本がおろおろと答える合間に、緒方の怒声《どせい》がとどろく。なんとか緒方のマンションの位置を把握し、すぐにタクシーを呼ぶ。

タクシーを待つ間も乗り込んだあとも、生きた心地がしなかった。

いったいなぜ緒方は山本と酒を飲んでいるのか。なぜ自分のマンションに山本を入れたのか。成り行きはともかくとして、緒方は酔うと全裸になる癖がある。本人は忘れてしまうのでいいかもしれないが、見てしまったほうはたまらない。仁科がタクシーで向かっている間にも、欲情した山本が緒方を組み敷いているかもしれない。

ようやくそれらしきマンションの前に着くと、仁科はエントランスに急いだ。

緒方は五階の角部屋に住んでいるらしい。一階にとどまっていたエレベーターに飛び乗り、五階のボタンを連打する。辿り着くまでの数十秒を待つのが苦痛で、苛々と靴の先で床を叩く。

五階に着いた瞬間、檻《おり》から抜けでた獣のようにまた駆ける。

山本から聞きだした緒方の部屋番号、五一〇を口のなかで唱《とな》えながら走っていたとき、三つほど先の扉から、山本の悲鳴と緒方の怒号《どごう》が洩れ聞こえてきた。

(ここか！)

息つく暇もなく、インターフォンを鳴らす。

「緒方さん、開けてください。俺です、仁科です」

奥のほうからどたばたと慌てたような足音が聞こえたあと、扉が開く。

扉を開いたのは山本だった。

「た、助かったぁ……」

山本は仁科の顔を確認した途端、へなへなとその場に崩れ落ちる。

愛用の眼鏡はひん曲がり、髪はぼさぼさ、シャツにいたっては肩口のところが破れている。

なぜか右手に鍋のふたを持っていた。

「いったい何があったんですか？　どうして山本さんがここに？」

そのとき、部屋の奥から「山本ーっ」と叫ぶ緒方の声がとどろいた。

こちらに来ようとしているらしい。どすどすとした荒々しい足音が近づいてくる。

「山本、俺はな、前からお前を蹴《け》りまわそうと思うてたんや。ったく、仕事を舐《な》めくさりやがって。今日は朝まで帰さへんぞ。腹ァくくれや、ぼけなすが」

山本が尻を使って後ずさりながら、緒方が姿を見せるだろう方向に鍋のふたを掲《かか》げる。

「仁科、助けてくれよ。緒方さん、ぜったい頭おかしいって。飲み会に滅多に顔を出さない理由が分かったよ。缶ビールを数本空《あ》けただけなのに、怒鳴るわ暴れるわの大騒ぎなんだ。ここにいたら俺は殺されちま……ちょ、聞いてんのかよっ」

正直なところ、山本の言葉はほとんど頭に入ってこなかった。

息をつめ、緒方がやってくるのを待つ。

「おい、山本。何逃げてんねん。俺はな――」

どんっ！　と強く床を踏み、緒方が現れた。

ああ、とため息を洩らし、両手で髪をかき上げる。

ボクサーのようにファイティングポーズを決めた緒方は、仁科が危惧《きぐ》したとおり、全裸だった。足の間できれいな色をしたペニスが揺れている。

「……んあ？　仁科やん。何してんの？　ここは俺んちやで？」

どうして毎回毎回、惜しげもなく裸身をさらすのだろう。目許《めもと》を歪《ゆが》めた仁科とは裏腹に、山本は「ぎゃっ」と叫ぶと、仁科の足にしがみついてくる。

「な？　な？　緒方さん、変だろ？　全裸で俺を蹴ったり追いかけたり、ほんとめちゃくちゃなんだ。男の裸なんか見たくないっての。超気持ち悪い……うう」

欲情されたらされたで腹が立つが、こんなふうに言われるとそれ以上に腹が立つ。

仁科はしがみつく山本を足蹴《あしげ》にして振り払うと、冷めた眼差しを向ける。

「ひとりで帰れますか？　帰れますよね。とっくに酔いは醒《さ》めてそうですし」

「は？　この状況で俺を放りだそうとか思ってるわけ？　お前、後輩だろ？　タクシーくらい呼んでくれよ。ひどい目に遭《あ》ってんのは俺なんだぞ？」

「俺は緒方さんが心配で駆けつけただけで、山本さんの心配はしていません。今日はお疲れさまでした。ではまた月曜日に」

「な、……ちょ、ええ？」

「もちろん今夜のことは他言無用《たごんむよう》でお願いします。もし口外《こうがい》したら、俺は本気で怒ります」

「お前、何言っ……ちょおっ！」

これ以上のやりとりは必要ない。喚《わめ》く山本をマンションの廊下に押しだし、扉を閉める。

束《つか》の間の静寂が訪れた。

「なんで山本を帰すんや」

不満げに唇を尖《とが》らす緒方には答えず、かわりに「お邪魔します」と断ってから靴を脱ぐ。

その行為がいっそう緒方を苛立たせたようで、「なんでやって訊いてんねん」と声を荒らげられる。

「とりあえずこれを着てください。コンベンション前に風邪を引かれたら困ります」

仁科はコートを脱ぐと、緒方に差しだした。

「あほか。暑いわ、んなもん」

「暑くても我慢してください。裸っていうものは、誰彼関係なく見せるものじゃないんですから」

「嫌やっ」

「俺は着てくださいとお願いしてるんです。だから着てください」

仁科の有無《うむ》を言わさぬ口調に何か思うところがあったのかもしれない。緒方は不承不承といったていでコートを羽織《はお》る。ぼそっと小さく、「……くっそ暑い」と呟かれた。

いったいどんな暴れ方をしたのだろう。リビングに足を踏み入れてから、深い息をつく。

革張りのソファーは思いきり引っくり返っているし、いくつもあるクッションはどれも破れて羽毛が飛びだしている。床にはビールの空き缶だけでなく、食べかけのビーフジャーキーやコーヒー豆、フライパンや鍋といったものまで転がっている。

どうやら服を脱ぎ捨てるまではいつもどおりでも、色っぽい展開にはならなかったようだ。

相手が山本で救われたと思うべきか。タートルネックを着ているのにずいぶん冷えるなと思ったら、エアコンが唸《うな》りながら冷風を吐きだしていることに気がついた。オフにしようにもリモコンが見つからない。仕方なくコンセントを引き抜く。

「なあ、山本は戻ってけえへんの？　ほんまに帰ってもうたんか？」

「帰ったでしょうね。ふつうの神経ならこの状況には耐えられないでしょうから」

転がっている空き缶を拾い集めながら言うと、背中に何か投げつけられた。

マカロニだ。袋に手を突っ込んだ緒方が、まるで豆まきでもするように仁科にマカロニを投げてくる。

「はよ連れ戻してきてえな。今日はあいつと飲むねん。俺が誘うたんや」

「緒方さんが？　どうして」

「どうしてもくそもあるか。俺が誰と飲もうが勝手やんけ。お前にとやかく言われる筋合いはないわ」

「――――」

そのとおりだと思う。緒方が誰と二人きりになろうが、誰と酒を飲もうが、緒方の自由だ。

恋人でもない人をそこまで束縛することはできない。とはいえ、人前で酒を飲むのはやめたほうがいいと伝えたはずだ。

「俺、お願いしましたよね？　飲むときは俺と二人きりのときにしてくださいって。なのにどうして山本さんなんですか？　飲みたかったんなら俺に言ってくれたらよかったのに。緒方さんと山本さんがタクシーに乗るまで、俺も同じ場所にいたんですよ？」

「そんなん知らへんわっ」

緒方は叫ぶと、マカロニを袋ごと仁科の胸にぶつける。

「自分、俺とは飲みとうないって言うたやんけ。いまさらきれいごとぬかすなや」

「俺がいつ言ったっていうんですか。一度も言った覚えはないですよ」

「はああ？　どないな脳みそしてんねん。俺が誘うたとき断ったやんか。コンベンションで浴びるほど飲めるからとかゴタ言いよって。俺と飲むのが嫌やってんやろ」

「あっ――」と声を上げ、目を瞠《みは》る。

そうだ、確かに言った。残業を終え、緒方とともにオフィスビルを出たときだ。

けれど緒方と飲むのが嫌で断ったのではない。あらためてスタートラインに立ちたかったからだ。

たとえ酔っているときの緒方がどんなに奔放《ほんぽう》だったとしても、胸の奥にはあたたかな想いに飢《う》えている本当の緒方がいる。三木《みき》から生《お》い立ちを聞いたとき、仁科はそう感じた。

緒方にはセックスから始まる恋は似合わない。

もっともっと大切にしなければいけない人だ。

まずは二度目の部屋飲みの夜にしたことを謝ってから、想いを伝える――。

緒方にはきっと軽蔑《けいべつ》されてしまうだろう。スタートラインに立つどころか、上司と部下という関係にすら戻れないかもしれない。だからこそ、プロジェクトを終えるコンベンションのあとに時間を作ってほしいと頭を下げたのだ。

「すみません。俺は決して緒方さんと飲みたくないわけではなくて……」

口ごもる仁科に呆れたのか、緒方はふんと鼻を鳴らすと、よたつきながらリビングを出ていく。一応コートを羽織ってはいるものの、前は留めていない。

「どこに行くんですか？」

「見りゃ分かるやろ。帰んねん。白《しら》けてもうたからな」

帰るも何も、ここが緒方のマンションだ。

仁科がそう言っても緒方はまともに聞こうとしない。仕方なく緒方の手を引き、リビングに連れ戻す。

「緒方さん、落ち着いてください。そんなおかしな格好じゃどこにも行けませんよ」

とにかく緒方の酔いを醒まさなければ――。

酒以外の飲み物を探すつもりでキッチンに行きかけたときだった。緒方が奇声を上げて仁科に殴りかかってきた。

「悪かったな、変人で！　どうせ俺は頭も体もおかしいねんっ」

「俺は格好がおかしいと言っただけで、緒方さん自身のことは何も言ってませんよ。冷静になって自分の格好をよく見てみたらどうですか？」

「はああ？」

眉根を寄せた緒方がコートの前を左右に開く。

じっと自分の裸体を見おろして数秒。再び仁科をとらえた緒方はさらに表情を険《けわ》しくする。

「どこも変ちゃうやんけ。俺は男や。そんなもん生まれたときから知っとるわ」

「いや、そういうことではなくて」

もしかして男の体にコンプレックスでも持っているのだろうか。

仁科が考えている隙をつき、緒方がまたもやリビングを出ようとした。はっとしたものの、緒方は二歩ほど踏みだしたところでバランスを崩し、派手な音を立てて転倒する。

慌てて駆け寄り、肩に手をかける。

「しっかりしてください。緒方さんの部屋はここなんです。そんな格好で外に出たら、誰に襲われるか分かりませんよ。今日はもう休んだほうが――」

「誰が俺を襲うっちゅうねん、誰がっ」

「誰って、男の人に襲われるかもしれないじゃないですか。緒方さん、裸なんですよ？」

そこまで言ったとき、ぐっと胸倉を摑まれた。

「あほくさ。誰も俺なんか襲わへんわ」

緒方が低い声で吐き捨てる。

「なあ、仁科。お前、なんか勘ちがいしてへんか？　俺は小柄のかわいらしい女とはちゃう。三十歳やって三十やぞ？　性格もひん曲がってるしな。背中に『襲うてください』って貼り紙しても、誰も見向きもせえへんわ」

「緒方さん……」

どうしてそんなふうに言うのだろう。「やめてください」と懇願《こんがん》する声が滲《にじ》む。

きれいな人だな——出会ったときからずっと、緒方の印象は変わらない。

同性だと分かっていても目で追うことをやめられず、酔って豹変《ひょうへん》する緒方を知ったときは一夜で恋に落ち、そのかわいらしさに夢中になった。

本当の緒方を知ってしまったら、きっと誰もが恋をしてしまう。

仁科は本気でそう思っている。

だから夜中にタクシーを飛ばし、駆けつけたのだ。

「お願いですから、投げやりなことは言わないでください。俺のほうがつらくなるじゃないですか。飲みすぎですよ、緒方さん」

「なんでお前がつらくなんねん。俺はほんまのことを言うてるだけや。なんなら試してみよか？　ちょっとそこら辺、ぐるっと一周してくるわ」

「緒方さんっ」

ぜったいに外には出さない——その思いから、立ちあがりかけた緒方を制止する手に力が入りすぎてしまった。緒方が「わっ」と叫んで尻餅《しりもち》をつく。

「何すんねん、お前はいちいち乱暴なんやっ」

「そんな、俺は何も——」

好きな人が裸で外に飛びだそうとするのを止めるのは、それほど責められることなのだろうか。緒方が酔っていることは承知している。いつもの緒方ではないことも分かっている。けれどもここまで気持ちが通じないとなると、苛立ちがこみ上げた。

眉間《みけん》を歪め、ぐっと強く緒方の腕を摑む。

「緒方さん。乱暴っていうのはこういうことをいうんです」

緒方がおどろいたように目を瞠ったが、やめようとは思わなかった。手加減せずに腕を捩《ねじ》りあげ、緒方が「い……っ」と呻《うめ》いたところで突き飛ばす。

「お前、何すん——」

もちろん起きあがる隙は与えず、力任せに床に組み敷く。

緒方の顔から血の気が引いた。酔っていてもさすがに危険を察したらしい。緒方は信じられないものでも見るような目つきで仁科を見ている。

こんなふうに怯《おび》えさせたくなかったから、一度目の部屋飲みのときも、二度目の部屋飲みのときも、仁科は自分を抑えてきたのだ。

だが緒方は、朝になれば何もかも忘れてしまう。

残るのは上司と部下という関係だけだ。

だったら何をしてもいっしょなんじゃないのか？　――悪魔の囁きが耳の表をなぞる。

「緒方さんは、自分なんか誰も襲わないと言いましたよね？　大きなまちがいですよ。俺はこれからあなたを襲います。誰彼構わず裸を見せていたら、こういう目に遭うんだってことを覚えておいたほうがいいと思います」

「襲うって……なんやねん、それ」

「子どもじゃないんだから分かるでしょうが。セックスするって言ってるんです。今夜はあなたに尽くしません。俺だけを気持ちよくさせてくださいね」

「な、――」

緒方がいっそう表情を硬くする。

妙に冷えるなと思ったら、開いたカーテンの隙間から雪が降っているのが見えた。

今夜は真冬の寒さなのかもしれない。それでも肌を重ねれば、少しはあたたかくなるだろうか。たとえ無理やりでも、何かを分かち合うことができるだろうか。

誰に問わずとも答えは分かっていたが、人のいい部下に戻ろうとは思わなかった。

緒方のコートの前を割り、あらわになった鎖骨《さこつ》に唇を近づける。

雪のように降り積もる、想いと虚しさ。その両方を溶かす春の陽が見つからない。


思ったとおり、翌朝に目覚めた緒方は何も覚えていなかった。

リビングの惨状《さんじょう》を目にしてがっくりとうなだれ、「申し訳ない、本当に悪かった」と何度も仁科に頭を下げる。

「俺じゃなくて山本さんに謝ってください。シャツも派手に破れてましたし、眼鏡もおかしなふうに曲がってましたから」

「そっか。……分かった。あとで電話してみる」

こうも想像したとおりの展開になると、力が抜ける。

きっと緒方にとって仁科は面倒見のいい部下で、何をやってもその枠《わく》を超えることはないのだろう。世話を焼きたがる自分の性分にも問題があるのかもしれない。結局仁科は緒方を手伝ってリビングの片づけをし、昼過ぎにマンションをあとにした。

（ったく。何やってんだろうな、俺は）

憧れだけを抱いて、緒方を見つめていた頃に戻れたら——。

そんなふうに悔いてみても、募《つの》った想いをいまさらゼロにはできない。たとえゼロにできたとしても、酔っている緒方のかわいらしさを目《ま》の当たりにしたら、また簡単に心をさらわれてしまうだろう。

鬱々《うつうつ》とした気持ちは週明けに出社しても晴れなかった。

香港に発《た》つ準備はほとんど終えているが、まだ再考したい箇所《かしょ》もある。無理やりに緒方のことを頭から追いだし、コンベンションのことを考えながらコートを脱ぐ。

自分のデスクに行きかけたとき、ぽんとチームメンバーに肩を叩かれた。

「おはよう、仁科。緒方さんがミーティングルームで待ってるぞ。打ち合わせしたいことがあるんだってさ」

「了解です」

声をかけてきたメンバーは、当たり前のように自分のデスクに戻っていく。

ということは、メンバー全員が参加するミーティングではないらしい。

朝っぱらから気が重くなった。たぶん緒方は週末の謝罪をあらためて仁科にしたいのだろう。

あの夜のことはもう忘れたいくらいなのだが、だからといって待っている上司を無視するわけにはいかない。仕方なくプロジェクトの資料一式を持ってミーティングルームに向かう。

「おはようございます。すみません、お待たせしてしまって」

ミーティングルームは四室あり、使用中という札の掲《かか》げられている一室に緒方はいた。

外が曇《くも》っているせいだろうか。「おはよう」と返す緒方の顔がいつもより暗く見える。

「週末は悪かった。片づけまで手伝ってくれて感謝している」

「いえ、そのことはもう」

やはりこの話か。さりげなく視線を逸《そ》らす。

「実はお前に見てほしいものがあって」

緒方が長机の下からビデオカメラを取りだす。

確か松島《まつしま》ファームを訪ねたときに緒方が持っていたものだ。意味が分からず瞬《またた》いていると、緒方がとなりにやってきて、ビデオカメラの液晶画面を仁科に向ける。

「あの、松島ファームさんの映像なら見せていただきましたが」

「ちがうよ。金曜の夜に撮ったものだ」

「金曜の、夜?」

嫌な予感がして、人知れず唾《つば》を飲む。

緒方が再生ボタンを押すと、液晶画面に緒方の顎《あご》から下が映された。

どこかにビデオカメラを設置しようとしているようだ。画面のなかの緒方はひとしきり角度を調節すると、遠ざかる。入れ替わるようにして、缶ビールを踊りながら飲んでいる山本の姿が映しだされた。

『緒方さーん、もう一本開けていいですかー?』

『おう。じゃんじゃん飲め。二人きりの二次会だからな。今度こそ無礼講《ぶれいこう》だ』

山本がフレームアウトするたびに、見覚えのあるソファーとローテーブルが映る。

まちがいない、これは緒方のマンションのリビングだ。

「一度自分の酔ってる姿を確かめておきたくて、ビデオカメラを仕掛けて飲んだんだよ。お前にずいぶん迷惑をかけたみたいだから気になって。……っんとにひどいな、俺は。山本にどう謝ればいいのか分かんないくらいだよ。山本のやつ、もう出勤してたか？」

仕事の雑事《ざつじ》を告げるときと変わらない、淡々としたこの声音はいったい何なのか。

喉《のど》が張りついたようになり、すぐに答えられない。

「い、いえ、俺がオフィスに着いたときにはまだ」

「そっか。じゃあ今日は欠勤かもな。謝ろうと思って何度か電話したんだけど、全然出てくれないんだよ。ま、当然だよな。ノイローゼになってなきゃいいけど」

緒方が力なく笑い、映像を早送りし始める。

「別に俺と山本のどんちゃん騒ぎを見せたいわけじゃないんだ。問題は——ここ」

再び再生ボタンが押された。

この期《ご》に及んで緒方の言いたいことが何なのか分からないわけがない。静かに燃える炎に体の芯をあぶられるようで、額にうっすらと汗が浮く。

『緒方さんは、自分なんか誰も襲わないと言いましたよね？　大きなまちがいですよ。俺はこれからあなたを襲います』

『子どもじゃないんだから分かるでしょうが。セックスするって言ってるんです』

画面のなかの仁科は緒方を組み敷き、覚えのある科白《セリフ》を言っている。たまらず眉間を歪めたとき、緒方が停止ボタンを押した。そのままビデオカメラを机に置くと、仁科に向き直る。

「お前、俺に何をした？」

「――――」

「言えよ。俺は映像からじゃなくて、お前の口からあの夜のことを聞きたいんだ」

緒方はためらうことも怯《ひる》むこともしなかった。プレゼンテーションに臨《のぞ》むときのように、念入りに思考と言葉を組み立てて仁科に対峙《たいじ》しているのかもしれない。

映像が残っているのなら、言い逃《のが》れることは不可能だ。

「何もしてませんよ」

短く息を吐き、緒方に言うつもりのなかったことを告げる。

「緒方さんの鎖骨と胸にキスをして、力ずくでコートを脱がすまではしました。だけど緒方さん、声を殺して泣き始めたんですよ。俺は裸で外に出ようとするあなたを止めたかっただけで、強姦《ごうかん》したかったわけじゃないんです。知らない人にこんなことをされたら怖いでしょと言ったらうなずいてくれたので、緒方さんの体を起こして涙を拭《ふ》いて、コートを羽織らせてやりました」

まさか緒方が泣くとは思っていなかった。

唇を引き結び、静かに涙を流す姿を思いだすたび、胸が締めつけられる。

「それからは緒方さん、すっかりおとなしくなってしまって。あたたかいものが飲みたいと言ったので、俺がコーヒーを淹《い》れました。その間に自分でジャージを取りだして着たみたいです。コーヒーを半分ほど飲むとうとうとし始めたので、抱きかかえて寝室に運びました。もちろん手は出していません。俺はすぐにリビングに戻りましたから」

「……そう、なのか？」

なぜ念を押されないといけないのだろう。眉をひそめ、緒方を見返す。

「映像で確かめてるんですよね？　ずっとリビングにいたわけじゃないので動きのひとつひとつまでは映ってないでしょうが、おおかた俺の言ったとおりのはずです。それともあなたを寝室に運んでからリビングに戻るまでの間にセックスしたとでも？　たった五分程度で何ができるんですか。俺はそこまで雑な男じゃありません」

緒方がかっと目許を染《そ》め、息を呑む。

この反応の意味が分からない。ますます眉をひそめる仁科を置いて、緒方は右に左にと視線をさまよわせ始める。

「そ、そうだったんだ。俺はてっきりその、お前に乱暴されたのかと思って。ああいや、俺のほうが乱暴だよな。現に山本をぼこぼこにしてるし……」

やはり分からない。

映像を見ていれば仁科が何もしていないことは確認できただろうに、緒方は仁科の説明を聞いてあきらかにほっとしている。「どういうことですか？」と問うと、緒方は口ごもりながらうなじをかく。

「実はビデオカメラが充電切れで、全部は撮れてなかったんだ。お前にさっき見せたのが最後のシーンで」

「充電、切れ……？」

ああ、そういうことか。得心《とくしん》した途端、どっと力が抜けた。

肝心《かんじん》なところを撮りそこねてしまったので、緒方は証拠を握っているふりをして、本当のことを聞きだそうとしたのだろう。仁科が何もしていないと分かった途端、「いやよかった」だの「疑って悪かった」だのと、ばつが悪そうに繰り返す。

ここまであからさまにほっとされると、苛立った。

ため息をついてから、緒方に向き直る。

「言っておきますが、俺がしていないのはセックスだけです。挿入以外のことでしたら何度もしていますので」

「な……何だって……？」

面倒見のいい部下――その枠から飛びだしたとき、自分はいったいどこに辿り着くのだろう。幸福な結末からは程遠い場所に流れ着いてしまうだろうが、一夜ごとに振りだしに戻る恋はもううんざりだった。

「最初の部屋飲みのときは、酔っているあなたに乳首を舐めてほしいと言われて舐めました。それは言いましたよね？　ただ、言っていないことがありまして。俺が舐めたのは乳首だけじゃないんです。あなたが舐めるだけならどこを舐めてもいいと言ったので」

「――――」

緒方が息をつめ、目を瞠る。

「ようするにあなたの全身に口づけたということです。もちろんあなたの男の証《あかし》にも」

ガタッと椅子が揺れる。後ずさろうとして緒方が立てた音だった。

「二度目の夜は、あなたを一度いかせたあとに寝室に誘いました。だけどセックスはしていません。バイブを使うことはしましたが」

「バイブって……バイブか？　お前、俺のいったいどこにそんなもの――」

「どこ？　ここに決まってるじゃないですか」

緒方に迫《せま》り、腰に手をまわす。「おいっ」と声を上げる緒方には構わず、パンツの上から尻肉を鷲摑《わしづか》みにする。またガタッと音を立てて椅子が揺れる。

「ど、どうしてそんな……」

緒方が喘《あえ》ぐように口を開く。顔色は白を通り越し、真っ青に変わっている。

「そんなの、俺をもてあそんでるようなもんじゃねえか。なんで俺にそんなことしたんだよ。

酒を飲んだら俺の記憶がなくなるのを分かっててやったのか？」

「俺の気持ちは、酔ってるときの緒方さんにすべて伝えています。あなたのほうこそ、どうなんですか。酔ってるときは俺に抱きついたり、甘えたりするくせに、翌朝になるときれいさっぱり忘れるじゃないですか。それは俺をもてあそんでることにはならないんですか？」

まさか自分が責められるとは思ってもいなかったのかもしれない。緒方がひとつ唾を飲み、眸《ひとみ》を揺らす。

「そんな……。俺は本当に覚えてなくて……」

「俺は覚えてるんですよ」

言いながら、緒方の頬に手を添える。

「酔ってるあなたが俺にどんな言葉をかけたか、どんなふうに笑ったか、あなたの仕草のひとつひとつ、喘ぎ声の甘さまで、俺は全部覚えているんです」

思い出を共有できないことがこれほどつらいとは思わなかった。

素面の緒方は、酔っているときの自分を知らないし、酔っているときの緒方は、酔いが醒めると消えてしまう。どちらも同じ緒方のはずなのに、二人の緒方と同時に距離をつめていくことのできないジレンマ。必死になって幻を摑もうとしているようなものだ。

そのくせ、酔っているときの緒方は蠱惑的《こわくてき》で、どうやっても抗《あらが》えない。大事にしようといくら心に刻んでも、惜しげもなく肢体《したい》をさらされれば、乱れ啼《な》かせたい欲に苛《さいな》まれる。

「俺はあなたが思ってるほど、いい部下じゃありません。そこら辺の男と同様に下心もありますし、性欲もあります。これに懲《こ》りたら、二人きりで飲もうだなんて言ってくる男には警戒することですね」

そのとき、ミーティングルームにノックの音が響いた。

さりげなく緒方から体を離したのと同時に、別チームの同僚が扉から顔を覗かせる。

「緒方さん、松島ファームの松島さんからお電話です」

「——わ、分かった、行くよ」

緒方がおぼつかない足取りでミーティングルームを出ていく。

いつもよりじゃっかん小さく見える後ろ姿を見送ってから、仁科もまた資料一式を手にしてミーティングルームをあとにする。一秒でも早く仕事モードに頭を切り替えなければ、口汚く自分自身を罵《ののし》って、膝から崩れ落ちてしまいそうだった。

＊＊＊

「いよいよですね。やばい。俺、緊張して眠れないかもしれません」

「よく言うよ。仁科《にしな》が緊張してるとこなんか見たことないし」

チームメンバーと談笑する仁科を、緒方《おがた》はパソコンを使うふりで盗み見る。

コンベンションの初日は明後日《あさって》だ。設営の関係で前日入りするので、今日はきっちり定時で上がる予定にしている。明日のいま頃は香港だ。

「緒方さんはどうします？　まだ仕事があるのなら手伝いますが」

振り返った仁科が笑顔だったのではっとした。

すぐに談笑の名残《なごり》だということに気がつき、「いや」と答える声が強張る。

「特に仕事はないよ。松島《まつしま》さんに電話を入れたら俺も帰ろうと思ってる」

「そうですか。ではお先に失礼いたします」

あっさり言った仁科に便乗《びんじょう》するように、他のメンバーたちも「お先です」と口々に言う。山《やま》本《もと》だけは怯《おび》えたような顔つきで、ぺこんと頭を下げていた。

「お疲れさま。じゃあ明日空港で」

定時で上がるのは緒方のチームだけだ。帰り支度を始める五人に、他のチームのプランナーたちが「いいですねー」「俺も香港に行きたいなぁ」などと声をかけている。五人がオフィスを出ると、潮が引くようにざわめきも消える。緒方は松島に電話をかけ、明日の日程を確認してからオフィスをあとにした。

あれから仁科とはまともに会話をしていない。仕事の話はするが、それだけだ。

休憩ルームで鉢合《はちあ》わせても、仁科は緒方と同じテーブルには来ないし、緒方のほうが仁科と同じテーブルにつこうとすると、「ごゆっくり」などと言って、コーヒーを片手にオフィスに戻ってしまう。せめて社内ではただの上司と部下でいたいのだが、仁科にとっては難しいことなのかもしれない。関係がこじれて初めて、年下らしい一面を見せられたような気がする。

緒方はエントランスを出ると、電飾の巻きつけられた街路樹を見上げた。

仁科がなぜ酔っている緒方に手を出したのか、なぜ自《みずか》らそれを暴露したのか、緒方には分からない。仁科のほうも緒方が何を考え、何を望んでいるかなど分かってもいないだろう。

大人の玩具《おもちゃ》を使われたことには腹が立つ。

とはいえ、仁科に対して怒っているわけではない。

結局恋というものは、言葉で伝えなければ始まらないし、終わりもしないのだ。

（よし――）

緒方はひとりうなずくと、駐輪場ではなく地下鉄の駅に向かって歩きだす。

仁科がまっすぐ自宅に帰っているかどうかは分からない。いっしょにオフィスを出たメンバーたちと、どこかに立ち寄っているかもしれない。それでもきっと仁科が自宅に帰ってくるまで、自分はマンションのエントランスで馬鹿のように待ち続けるのだと思う。

気が長いのではなく、短いからだ。

気づまりな日々から、一日も早く抜けだしたい。

仁科は自分の言いたいことだけを言い、緒方に口を挟む隙を与えなかった。だから今度は緒方が言いたいことを言う番だ。地下鉄の車窓《しゃそう》をねめつけ、伝えるべきことを頭のなかで組み立てる。

ほどなくして目的の駅に到着した。

仁科のマンションは駅から十五分ほど歩いたところにある。

歩きながら深呼吸するのは、一度目のときとも二度目のときとも変わらない。緒方がこれほど緊張してマンションを訪ねていたとは、仁科は知るよしもないだろう。マンションのアプローチに足を踏み入れると緊張はピークに達し、わざわざ立ち止まってごくりと唾《つば》を飲む。

――寒くてさびしい冬は今年で終わりにしたい。

いつかの自分は怖《お》じ気《け》づく心を奮《ふる》い立たせ、一歩を踏みだそうとしたのではないのか。

あのときの気持ちを思いだして歩みだしたまさにそのとき、エントランスから出てくる仁科に気がついた。

(あ……)

どこに行くのか、白のジャージ姿で、大きめのスポーツバッグをぶら下げている。

まさかこんなところで鉢合わせるとは思ってもいなかった。アプローチの真ん中で棒立《ぼうだ》ちになる緒方に仁科が気づかないわけがなく、仁科のほうもおどろいたように目を瞠《みは》る。

「どうしたんですか。いきなり」

責める言葉のように聞こえてしまい、不覚にもうつむいてしまった。

じっと地べたを見てから、まっすぐに顎《あご》を持ちあげる。

「少し話がしたい。仕事のことじゃないんだが」

「――――」

仁科は一瞬逡巡《しゅんじゅん》する素振《そぶ》りを見せたものの、緒方の申し出を断ることはしなかった。ただ、困ったように瞬《またた》いて、「歩きながらでもいいのなら」とマンションの前の道をさす。

「悪いな。出かけるところだったんだろ」

「いえ、泳ぎに行こうと思ってただけですから」

「泳ぎに？」

「ええ。プール付きのスポーツクラブが歩いて十分ほどのところにあるんです。休日や定時で上がれたときはそこで泳いでるんですよ」

「寒そうだな。冬なのに」

「真水に浸《つ》かるわけじゃありません。温水プールですから」

久しぶりの会話に胸が熱くなる。たった数日避けられただけで、干乾《ひぼ》しにされた魚のような気持ちだったのだと、いまさらながらに気づく。

やはり好きだと思う。仁科が好きだ。

「俺、本当に何も覚えてないんだ」

視界の端に映る仁科が、すっと頬を強張《こわば》らせたのが分かった。

あえてそれには気づかないふりをして、右、左、と交互にアスファルトを踏む自分の足に視線を向ける。

「お前をもてあそぶつもりは全然なかったんだ。酔ってる俺がお前に抱きついたり、甘えたりしてるなんて想像もしてなかった。振りまわして本当に悪かったと思ってる」

「別に構いませんよ」

仁科が短く息をつく。

「ミーティングルームでは緒方さんを責めましたけど、あれはただの逆ギレで、本当は緒方さんが謝ることなんてひとつもないんです。ただ、お酒を飲んだら記憶がなくなるのを分かってて、飲む相手を選ばないのはどうかと思いますよ。俺のように不埒《ふらち》なことを企《たくら》む男もいますので」

やはり仁科は何も分かっていない。むっとして「選んでるよ」と言い返す。

よく聞きとれなかったらしい。仁科が「え？」と振り向き、緒方を見る。

「なんて言いました？」

「選んでるって言ったんだ。俺は飲む相手を選んでる。他のやつじゃない、お前がいいからいっしょに松島ファームのワインを試飲《しいん》してくれって頼んだんだ」

仁科は一瞬目を瞠ったものの、すぐに微苦笑を浮かべて目を逸《そ》らす。

「酔ってる緒方さんも同じようなことを言ってました。おかげで俺は舞い上がっちゃったんですけどね」

「舞い上がる？　どうして」

「さあ、どうしてでしょう。酔ってる緒方さんは知ってると思います。試飲した夜にすべて伝えていますので」

意地の悪い言い方だ。緒方が眉を寄せると、仁科はなぜかさびしそうに目を伏せ、緒方を置いて歩きだす。思わず「待てよ」と声をかけたが、仁科は立ち止まるどころか、振り向くことすらしない。遠ざかる背中はあきらかに緒方を拒《こば》んでいる。

このままじゃ嫌だ。まだ伝えたいことの半分も言葉にできていない。

ぐっと唇を噛んでから、仁科を追いかける。

「おい、待てって」

隠していた想いを言葉にする緊張よりも、これ以上仁科との距離が開いてしまう怖さのほうが上まわった。思いきり仁科の腕を引っ摑み、無理やり足を止めさせる。

「なあ、聞けよ。いや、聞いてくれ。俺はお前に惚れてるんだ」

振り向いた仁科があからさまに目を瞠る。

おどろきなのか、困惑なのか、間近なところで視線が交わり、心が竦《すく》む。けれどいまさら引き返せないし、引き返そうとも思わない。不毛な片想いにけじめをつけるつもりで、仁科の眸《ひとみ》を見返す。

「惚れてるんだよ……うそじゃない」

無様なほど声が震えたが、繕《つくろ》おうとは思わなかった。

「お前が入社してきたときから気になってて、いい男だなって本気で思ってて……。どうせ酒を飲むんなら、惚れた男と二人きりのほうが楽しいだろ？　だから俺は一生に一度の思い出作りのつもりで、お前を試飲に誘ったんだ。お前をもてあそぶとか、そんな大それたこと、考えたこともねえよ。ただ二人で過ごしてみたかったんだ」

仁科は息を呑んだきり、何も言葉を発しようとしない。

こういう間合いがいちばん苦手だ。かあっと自分の頬が赤らむのが分かり、いたたまれなくなる。

「好き、だったんですか？　俺のことが？」

いちいち念を押さないでほしい。奥歯を嚙みしめてから唇を開く。

「ああ、好きだ。二年前から、いまも」

「――――」

仁科は緒方を見つめたまま、ゆっくりと瞬《まばた》きを重ねている。

信じたくない気持ちはよく分かる。返事に窮《きゅう》するのも分かる。だからといって露骨《ろこつ》に固まられてしまうと、それだけで心を削《けず》られる。きっと返すべき言葉を探しているのだろう。狼狽《ろうばい》する仁科を見たくなくて、地べたに視線を向ける。

また間が空いた。

「すみません、おどろきすぎてしまって……」

やっと聞こえた声に、恐る恐る顔を上げる。仁科はめずらしく頬を上気させ、汗でも拭《ぬぐ》うかのように自分の額《ひたい》に手をやっている。

何だろう、この反応は。悪くないものに思えてしまい、鼓動が大きく波を打つ。

「びっくりしました。緒方さんが俺のことを好きだったなんて、全然気づかなかったから」

「ふ、ふつうは隠すだろ。俺だって気持ち悪い上司にはなりたくねえよ」

「ですよね。俺も言えなかったし」

「何を?」

仁科は「あ……」と呟くと、はにかむように目をしばたたかせる。

「実は俺も緒方さんのことが好きなんです」

「……え……?」

今度は緒方が言葉をなくす番だった。

本当に? とか、いつから? とか、いろんな疑問符が胸にはためく。が、何ひとつ言葉にならない。もしかして一分前の仁科もこういう気持ちだったのかもしれない。どきどきと跳ね躍《おど》る鼓動にあおられ、ただでさえ赤い顔がもっと赤くなる。

「緒方さんのこと、きれいな人だなって前から思ってたんです。男の人に目を奪われるのは初めての経験で……。緒方さん、少し気が短いところがありますよね? 笑ったらきっとかわいいんだろうなとか、勝手にそんなことばかり考えてたほどで。すみません、年上の上司にかわいいだなんて失礼ですよね。コンベンションが終わったら部屋飲みの夜にしたことを謝って、緒方さんに好きだと伝えるつもりでした」

――『実は俺、緒方さんに話したいことがあるんです』

二人でイルミネーションを見た夜の、強張った仁科の声がよみがえる。

やっとあの日の憂《うれ》いの理由が分かり、胸が熱くなった。

「もっと早く告白すればよかったですね。まさか緒方さんが俺のことを好きだなんて思ってもなかったので、上司と部下の関係に戻れなくなるのが怖かったんです」

同じだ。緒方もまったく同じ理由で一歩を踏みだせないでいた。

完璧な部下にしか見えない仁科も葛藤《かっとう》を抱えていたのだと知ると、ひとりきりで歩いてきたいままでの道のりが、急に愛《いと》おしく思えてきた。

たまらず頬をほころばすと、仁科も同じように微笑む。

「うれしいです。実はお互い想ってたなんて、こんなことってあるんですね。酔ってるときの緒方さんは本当にかわいいんですよ。無邪気でわがままでちょっと隙があるというか……一晩で夢中になりました。だけどどうやっても翌朝には忘れられてしまうのが虚《むな》しくて、ひとりでどつぼにはまっていたんです」

言いながら思いだしたらしい。仁科が申し訳なさそうに目を伏せる。

「体から口説《くど》こうだなんて馬鹿なことを考えてしまって、本当にすみませんでした。素面《しらふ》の緒方さんにはまるでかなわないのでつい……」

なるほど、そういう理由で大人の玩具を使ったのか。

知らず知らずのうちに眉根を歪めていたらしく、仁科が怯《ひる》んだような顔をする。

「やっぱり怒ってますよね？」

「そりゃ怒るだろう。俺はお前にバイブなんか突っ込まれてない」

言い切った途端、仁科がびくっと肩を跳ねさせて辺りを見まわす。

人の気配がないのをしっかり確かめてから、「あの……」と切りだしてくる。

「覚えてないから信じられないってことですか？　すみません、本当のことなんです。俺、酔ってる緒方さんにはかなりいやらしいことをしてます。一度目の夜も、二度目の夜も」

「だからそうじゃなくて」

ミーティングルームで仁科の告白を聞いたとき、緒方はあまりのショックに気を失いそうになった。仁科に乳首を舐めさせたと知ったときも衝撃を受けたが、あのときを優に上まわる衝撃――よく立っていられたなといまでも思う。

「俺は二年もお前と同じ会社にいるんだぞ？　俺は一度もお前に口説かれたことなんかないし、メシに誘われたことすらないのに、どうして酔ってる俺は、たった一晩でお前を夢中にさせることができるんだ。ずっと好きだった男を横からかっさらわれた気分だよ。腹が立つに決まってる」

仁科は理解できなかったらしい。「え……？」と呟いてからぱちぱちと瞬き、しばらく緒方を見つめていたかと思うと、今度は「えええーっ」と声を上げる。

「それ、自分に嫉妬してるってことですか？」

「嫉妬？　そんなぬるいもんじゃない。実体があれば蹴《け》りまわしてるところだ。だってそうだろ。お前の下心と性欲を、俺とそっくりの顔した酔っ払いが独り占めしたんだ。くそう、俺だって──」

ぐっと握り拳《こぶし》を作り、地べたを睨みつける。

「俺だって、お前にバイブを突っ込まれてみたかった」

「──────」

この悔しさをどこにぶつけたらいいのか分からない。

相手が美女ならともかく、一応は自分なのだ。性格に難があることも、美形でないことも知っている。にもかかわらず、仁科をその気にさせたなどありえない。いますぐ藁人形《わらにんぎょう》を編んで、酔っ払いの自分を呪って五寸釘《ごすんくぎ》を打ち込みたいほどだ。

ぎりぎりと歯軋《はぎし》りする緒方を、仁科が横から覗き込んでくる。

本気で悔しがっていることが分かったのだろう。仁科は「うそでしょ……」と呟くと、肩を揺らして笑い始める。

「んだよ、何がおかしい。こんなこと、冗談で言えると思ってるのか？」

「いやだって」

「仁科、お前もお前だ。酔ってる俺を口説くなら、まずは素面の俺を口説いてからにしろよ。それが筋ってもんじゃねえのかよ」

「ですよね。はい。すみませんでした」

しおらしいことを言いつつも、仁科はまだ笑っている。

おかしくてたまらないらしい。笑いすぎて目尻に涙までためている。

「よかった。緒方さんって実はとても繊細《せんさい》な人なのかなと思ってたんですけど、そうでもないんですね。安心しました」

「なんだそりゃ」

もしかして三木《みき》辺りに余計なことを吹き込まれたのかもしれない。緒方の何を聞いて繊細だと感じたのか知らないが、安心したのならそれでいい。

「ま、俺の言いたいことは以上だよ。悪かったな、出かけようとしてるところを引き止めて」

踵《きびす》を返そうとすると、「ちょっ」と叫んだ仁科に腕を掴まれた。

「お互いの気持ちが分かったのに、帰るとか言わないですよね？」

「…………」

「えっ、本気で帰るつもりなんですか？　待ってください、俺はこのまま緒方さんを帰したくないです」

本当のところ、引き止められることを大いに期待していた。

あっさり「ではまた明日」などと手を振られようものなら、道すがら、めそめそと泣いていただろう。我ながらややこしい性格なのだ。

「泳ぎに行くんじゃなかったのか？」

「それは今度にします。いまはその、緒方さんといやらしいことがしたいので」

仁科は自分で言っておきながら、「あからさますぎましたね」と苦笑する。

来た道を仁科と並んで引き返す。もちろん緒方に異存はない。ともすれば緩《ゆる》みそうになる唇をマフラーで隠し、うれしさを嚙みしめる。


ああ、こういう感じなのか。仁科の唇を受け止めながらぼんやりと考える。

角度を変えながら押しつけられる唇の熱さ。吸いあげられるときのくすぐったいような疼痛《とうつう》。甘くて心地好くて、シャワーも浴びずに二人でベッドに直行したはしたなさすら、忘れてしまうような――。

「初めてなんですよね。緒方さんとキスするの」

息継ぎの合間に仁科が微笑む。

「キスしようと迫ったときに拒《こば》まれたことがあるんです。体にキスするのは許してくれても、唇へのキスはだめだったし、嫌いなのかと思ってました」

「好きも嫌いも分かんねえよ。したことないんだし」

「じゃあ俺とするのが初めて？」

この期《ご》に及んで自分をごまかそうとは思わない。「悪いか」と顔をしかめて、目の前の首根に両腕を絡《から》める。

笑ったらしい。やさしい吐息が首筋に触れる。これもくすぐったい。

「全然。今日は記念日ですね」

今度は首筋を唇で辿《たど》られ、「……ん」と吐息が洩れる。

こんなにも近い距離は初めてだ。緊張することなく仁科に身を任せている自分を不思議に思う。目を瞑《つむ》り、ばら色に染まるまぶたの裏で仁科の唇を追う。首筋からおとがい、軽く唇をかすめてから鎖骨《さこつ》へ――。

やさしくシーツに押し倒された。同時に部屋の空気が胸に触れ、はっとする。

いつの間にかシャツのボタンが外されている。

「お前、手馴れてるな」

「こんなの、馴れてるうちに入りませんよ」

仁科は平然と言ってのけ、緒方の胸に顔を近づける。

「あっ」

左の乳首をくちゅと唇で食《は》まれた。甘怠《あまだる》い刺激に思わず眉根を寄せる。

次は右。びくんと腰が跳ねあがる。

「かわいいな、緒方さんの乳首。素面のときにも舐めさせてもらえるなんて、めちゃくちゃうれしいです」

唇だけでなく、眼差しでも愛されていると感じるのはうぬぼれだろうか。仁科は愛《いと》おしげに緒方の乳首を見つめながら、何度も唇を寄せてくる。

もしかして一度目の部屋飲みの翌朝に告げられた言葉──「かわいいなと思ったから舐めたんです」「嫌々舐めさせられたわけじゃありませんから」というのは、フォローではなくて本音だったのかもしれない。胸の真ん中で揺れ動く鳶色《とびいろ》の髪を信じられない思いで見つめる。

「まじだったのか……」

心のなかで呟いたつもりが、声になってしまった。「何がです?」と仁科が顔を上げる。

「ああいや、最初の夜のことだよ。あのときもお前は俺の乳首を舐めたんだろ?」

「ええ、はい。あれは役得でした。緒方さんには忘れてくれと言われましたが、俺は一生覚えてると思います。夢みたいな時間だったので」

仁科は笑みを広げると、緒方の左の花芽を舐めあげる。

「っは、ぁ」

「どうですか？　素面のときに初めて乳首を舐められた感想は」

「ん、っふ……」

左右の花芽を代わる代わる舐められるたびにじんとした痺《しび》れが尾《び》てい骨《こつ》に走り、たまらず身を捩《よじ》る。

実は乳首というものは欲望のスイッチで、下肢《かし》に直結しているのではないだろうか。いまだパンツと下着に覆《おお》われている雄蕊《ゆうしん》が、ぐぐっと凝《こご》っていくのが分かる。

自分で乳首にボディーソープをなすりつけてみたときは、なんとなくむず痒《がゆ》いような感じになるだけで、このスイッチは機能しなかった。惚れた相手にいじられてこそ、初めて機能するスイッチなのかもしれない。

「待っ、ちょ……やばい」

「気持ちいいってことですか？」

「っ、てめ」

いちいち訊くんじゃねえという思いを込めて、胸元で笑っている男をねめつける。牽制《けんせい》のつもりだったのだが、甘かった。桃色の肉粒に変わった乳首をくりっと捻《ひね》るようにつまれてしまい、「ああっ」と声を上げて仰《の》け反《ぞ》る。

一度では終わらない、そのまま左右の乳暈《にゅううん》を揉《も》みしだかれ、立て続けに腰が跳ねる。

「待てって、ちょお」

「どうして」

ぶわっと額に汗の粒が浮く。パンツの下の雄の証《あかし》がかなりやばい。布で覆われているから分からないだけで、思いきり勃《た》ちあがっているはずだ。

まさか乳首をいじられただけでこんなになるとは――。

くっと唇を噛み、体の奥から湧きあがってくる射精の欲と真っ向から対峙《たいじ》する。

「んん、っ……くぅ」

くらっと目がまわるような恍惚《こうこつ》。どうにも耐えられない。「ぁあ……っ」とかすれた声を上げたのと同時に、生温かなものが股座《またぐら》に広がっていく。

――完敗だった。

「緒方さん……もしかしていっちゃいました？」

素《す》っ頓狂《とんきょう》な声が憎たらしい。かっと目を見開いてから、勢いよく上体を起こす。

「待てって言っただろうが。なのにお前はっ」

「いやだって、乳首だけでいくなんて思わないでしょう」

「思えよ、馬鹿。こっちは童貞なんだ」

くそくそくそ、と口のなかで唱《とな》えながら、股座を両手で覆う。

パンツも下着もぐっしょり濡れてしまったので気持ちが悪い。なんだか粗相《そそう》をしてしまった気分だ。それも惚れている男の前で。

口をへの字に曲げていると、仁科が小さく笑い、緒方の両手を取り払う。

「脱がしてあげますよ。俺が汚したようなものですから」

「………」

仁科に汚れた衣服を脱がしてもらうのと、自ら脱ぎ捨てるのでは、どちらが羞恥心《しゅうちしん》を感じなくて済むのだろう。赤い顔でひとり考えているうちに、仁科は緒方のベルトのバックルを外し、パンツのウェストに手を触れる。

「俺に摑まって」

当然のように言われてしまい、仕方なく仁科の肩に手をかける。その拍子に尻が浮き、パンツも下着も剝《は》ぎとられてしまった。ついでにシャツも脱がされる。

「なんか新鮮です。緒方さんの裸は三回見ましたが、脱がしたのは初めてだったので」

そんなふうに言われても、三回とも自分で脱いだ記憶がないので、緒方にとっては初めて仁科の目の前で裸になったのと変わらない。隠したいところがありすぎて、二つの手ではまったく足りない。

さりげなく背中を向けると、後ろから仁科に抱きすくめられた。

胸で交差するジャージの腕に目を落とし、あらためて気づく。仁科はまだ、上も下も脱いでいないのだと。

「ちょ、お前……ずるくねえか?」

「何がです？」

「いや、何がって」

お前も脱げよと言いたかったが、なんだか誘っているようで気が引ける。いまさらかと思い直したとき、閉じている腿《もも》をやんわりと割られた。

「……あっ」

脱いだだけで拭《ぬぐ》ってはいない。ぽってりとした艶《つや》を放つ雄根《ゆうこん》が否応《いやおう》なく視界に飛び込んできて、咄嗟《とっさ》に目を逸《そ》らす。

「きれいですよね、緒方さんのここ。大好きです」

本気でそんなことを言っているのだろうか。ちらりと仁科に目をやる。

まさか興奮しているのか、頬が上気している。

緒方の視線に気づいたらしい。仁科がふっと微笑んで、こめかみに唇を押し当ててきた。同時に濡れ光る雄根に指を絡《から》められる。

「……っ」

初めて知る仁科の手はやさしくて、いやらしい。根元の辺りは強く、括《くび》れに向かうほどやわく扱《しご》かれ、あっという間に肉芯がぴんと張りつめる。

ただでさえ濡れていて淫靡《いんび》なのに、くっと面《おもて》を持ちあげるとなおさらだ。ぬるついた先走りを亀頭《きとう》に塗りつけるさまを見せつけられ、太腿が震えてしまう。

「かわいいな。キスしてもいいですか？」

深く考えずにうなずくと、仁科が背を丸める。

ん？　と思ったときには、後ろからまわり込む形で肉芯を唇に収められていた。

「ちょ、おま……！」

これがフェラチオというやつなのか――。

熱い舌にねっとりと亀頭を包まれ、腰が蕩《とろ》けそうになる。手で扱かれるのとはまたちがった快感だ。感じるままに背をしならせて、いやらしく動く唇を受け止める。

そういえば、仁科は緒方の全身に口づけたと言っていた。自分よりも先に酔っ払いの自分がフェラチオを味わっていたなど許せない。「うぐっ」と歯を食いしばり、仁科のジャージの肩に爪を立てる。

「ごめんなさい。嫌でした？」

「……う……」

仁科に八つ当たりをしてもしようがないことだった。

嫌じゃないという意味で首を横に振り、ついでに顔ごと目を逸らす。

続きをしてほしいだなんて口が裂けても言えない。むすっとした顔で押し黙っていると、仁科が「分かりにくいなぁ」と苦笑して、緒方の屹立《きつりつ》を舐めあげる。

「気持ちいいときはいいって言ってくださいね。酔ってるときの緒方さんはちゃんと教えてくれるんですよ」

「な、な……」

再び妬心《としん》が胸の真ん中で渦《うず》を巻く。

最大のライバルは自分自身――それは仁科と想いが通じ合ったいまも変わらない。

「てめ、こんなときに他の男の話なんかすんな……っ」

「何言ってるんですか。緒方さんの話です」

「お、俺にとっては……ぁあっ、……ち、ちがうんだよっ」

仁科があははと笑い、先端にちゅっと口づけてから、体を起こす。

「気持ちいいって言わせてみたかっただけなので、怒らないでください。本当は分かってたんです。だってほら――」

仁科に促《うなが》され、下方に目をやる。

肉芯はいっそう淫《みだ》らに色づき、ぷくりと膨《ふく》らんだ蜜口《みつぐち》から雫《しずく》を吐きだしていた。

「さっき達したばかりなのに、こんなに濡らしちゃだめですよ。俺みたいな男に襲われてしまいます」

「お、お前が……口でしたりするからだろ」

「うれしいな。俺のせいにしてくれるんだ」

仁科が小さく笑い、くんと反り返った肉芯を右手で包み込む。

「っは、あ」

「一回いったんですから、二回目はゆっくり愉《たの》しんでくださいね。素面の緒方さんが乱れるところを見てみたいです」

恥ずかしくなるようなことばかり言わないでほしい。

まさぐるように手を動かされ、無意識のうちに腰が浮く。まさかそれが隙になったのか、先走りをまとわせた手が会陰《えいん》の奥にもぐり込んできた。

「あぁっ」

つんと軽く後孔《こうこう》の襞《ひだ》を押されてしまい、思わず伸びあがる。

「だ、だめだろ、そこは」

「どうして？　やわらかくしておかないと何もできないじゃないですか」

仁科は言いながら、まだ閉じている襞をくりくりと指の腹でいじり始める。

男同士でセックスするには大事な場所だということはもちろん分かっている。けれども恥ずかしさのほうが上まわり、頭が追いつかない。必死になってもがいていると、ふいに仁科の手が外れ、とんと前に倒されてしまった。

思いがけず四つ這いの姿勢になってしまい、かっと頬が赤らむ。咄嗟に体勢を変えようとしたものの、仁科の手が尻肉を摑むほうが早かった。

「っちょ、やめ……あっ」

尻肉を左右に割られ、さらされてしまった後孔にねっとりとした何かが触れる。熱くてやわらかい――舌だ、舌。理解した途端、とてつもない羞恥に襲われる。

「馬鹿馬鹿馬鹿っ。そこは舐めたり吸ったりするところじゃねえっ」

「だったらローションを使いますか？　俺はそれでも構いませんけど、酔ってる緒方さんは舐められるのも好きだったみたいですよ」

「――――！」

もしや妬心をあおるつもりでわざと言っているのだろうか。だからといって聞き流せるわけがなく、真っ赤に染まった顔をキッと後ろへ向ける。

「本当に舐めたのか？　……しし、尻の孔を？」

「舐めました。俺のほうからお願いしたんです。かわいいから舐めさせてくださいって」

「――――!!」

にっと笑う仁科を見て、確信した。

ぜったいわざとだ。わざと緒方を嫉妬させるために言っている。

「お、お前――」

ぐぐっと歯軋りしても、一度燃え立った嫉妬の炎は簡単に消えそうにない。

仁科を欲情させてバイブを使わせただけでも許せないというのに、性器どころか、アナルまで舐めさせていたとはますますもって不届き千万《せんばん》だ。ぐしゃぐしゃになるほどシーツを握りしめ、真後ろの仁科に向かって尻を持ちあげる。

「お、俺のも……ななな、舐めてくれ……」

せがむ自分の言葉に目眩《めまい》を覚え、気を失いそうになる。嫉妬の前では理性なんて、簡単に吹き飛んでしまうことを初めて知った。

「緒方さんって本当にかわいい人ですね。お酒も飲んでいないのに、まさかおねだりされるなんて思ってもいませんでした」

「い、いちいち、感想を言わなくていい」

「言わせてくださいよ。緒方さんにしか言えないことなんですから」

笑ったらしい吐息が、熱い舌とともに後孔に触れる。

「っぁあ」

ぞくっと肌が粟立《あわだ》った。

普段は誰にも見せない秘部を、仁科の舌が行き来する。こんなところを、と思えば思うほど興奮してしまい、くっと反り返った果芯《かしん》がしきりに露《つゆ》を飛ばし始める。もしかして仁科のほうも興奮しているのかもしれない。後孔の襞にかかる吐息が乱れているように思えて、いっそう濡れる。

「お尻、自分で広げられますか?」

「え……?」

「俺がやってるように、両手で」

言葉の意味を理解した途端、羞恥に肌が火照《ほて》った。

そんなことできない——頭の隅では思ったものの、快感に溶かされつつある体は恥じらいをなくしていて、仁科にせがまれるまま、自分の手で尻肉を広げる。

「ん……」

「やばい、たまんない……緒方さん、すごくセクシーだ」

喘ぐように言った仁科が、再び双丘《そうきゅう》の割れ目に顔を埋《うず》める。

「はぁあ、あ……ぁ」

さっきよりも格段に舌づかいがいやらしくなった。襞がほころんだところを狙って舌を突き入れられ、身悶《みもだ》えた肉芯が露を飛ばす。

かわいげのないほうの自分も同じように愛されている。そんなふうに思うと、快楽とはまたちがったもので胸がいっぱいになり、泣きそうになった。もっと仁科に舐め溶かしてほしくて、尻肉を開く手に力を込める。

「セクシーでいやらしくてかわいくて……大好きです、緒方さん」

「言うな、って」

「どうして？　これもしていいかな。酔ってる緒方さんにもしたこと」

何、と訊き返す前に、仁科が後孔に指を差し込んできた。

「ん、ああっ」

「大丈夫、ぜったい痛いようにはしないから。力抜いててください」

仁科はちゅっと緒方の尻たぶに口づけてから、後孔の奥へ奥へと指を進めていく。

部下から恋人へ変わりつつある口調に羞恥心を溶かされた。シーツにぺったりと片方の頬をつけ、肉壁をまさぐる恋人の指を味わう。

「は……あ、あ……っふ、う」

蜜など滲みでているはずがないのに、しとどに濡れそぼっていくのが自分でも分かる。

仁科が舌で塗り込んだ唾液《だえき》だろうか。淫《みだ》らな水気を帯《お》びた音が幾重《いくえ》にも響き、音と指の両方で理性をぐずぐずにされる。

「あっ……そこ」

思わず口走ると、

「ここ?」

ぐりっと肉壁《にくへき》を押され、ちかっとした光がまぶたの裏に瞬《またた》いた。

「この辺、好きなんですね。じゃあここは?」

「うあ……っ……い、いい、かも」

「本当に?　じゃあ指を増やしても大丈夫かな」

ぐしゅんといやらしい音を立てて、追加された一本が奥深いところに埋まる。

雄孔《ゆうこう》をほぐされる心地好さを知ってしまうと、体の歯止めが効かなくなった。柔肉《やわにく》がうねり、口づけするように仁科の指を咥《くわ》え込む。もしかしたら酔っ払っている自分も同じように乱れたのかもしれない。

「なあ、したのか？　……酔ってる俺にもこんなふうに、奥の奥まで」

「え？」

肉襞を寛《くつろ》げる二本がふいに出ていき、かわりに尾てい骨に唇を押し当てられる。

「もう教えません。緒方さん、ご機嫌ななめになってしまうから」

「ご、ご機嫌ななめって……子どもじゃあるまいし」

「それより、初めてのことをしましょうよ。酔ってる緒方さんとはしてないことです。実は俺、かなり前から限界で」

言いながら、体を表に返された。

熱に浮かされたようになった眸に、ジャージを脱ぎ捨てる仁科が映る。

「俺にとっては、素面の緒方さんも酔ってる緒方さんも、どちらも緒方さんなんです。だからおかしな焼きもちはほどほどに。分かりますよね？　俺が欲情してること」

「あ……」

「ちなみに、酔ってる緒方さんの前ではいっさい脱いでませんから」

初めて仁科の裸を目《ま》の当たりにし、どくんと鼓動が跳ねる。

鍛《きた》えられた肉体に相応《ふさわ》しい、雄々《おお》しく張りつめた男の証――。

じっと見たいけれど、見てはいけないような。迷った末に視線を逸らせたとき、仁科がのしかかってきた。

「ここまで来て焦《じ》らそうとか思ってませんよね？　抱きますよ、今日は」

抱いてもいいですか、ではなく、抱きますよ。

男らしい言いまわしにのぼせたようになり、咄嗟に返事ができない。赤い顔でこくこくとうなずくと、仁科がうれしそうに眦《まなじり》をほころばす。

「やっぱり緒方さんはかわいいな。素面のときも酔ってるときも同じくらいかわいい。仕事をしてるときとは全然ちがうんですね」

「……だ、誰にも言うなよ、恥ずかしいから」

「もちろん二人だけの秘密ってことで」

肌を辿《たど》りながら下《くだ》った手が、緒方の右足の膝裏をとらえる。そのままやんわりと押しあげられ、ひくっと喉が震えた。

熱く滾《たぎ》ったものがいま、腰の狭間《はざま》に触れている。

慣らすように会陰から窄《すぼ》まりまでを行き来され、ふつふつと肌が粟立っていく。早く欲しいような、少し待ってほしいような。期待と不安がまざり合い、自分でもどうしていいのか分からない。

「力、抜いててください。息は止めないで」

「ん……」

あやすような口づけに強張りを溶かされ、自然と伸びた腕が仁科の首に絡みつく。

ふぅ、と息を吐いたときだった。腰を押しつけられ、熱く濡れた先端が緒方のなかへもぐり込む。

「ぁ、あっ」

指とは比べものにならない。ぐぐっと張った雄根に身の奥を割られる。

「待っ……あ、はぁ……っ、あ」

「しんどいですか?」

——かもしれない。だけど欲しい。答えるかわりに、仁科を抱く手に力を込める。

ずくっと音を立て、漲《みなぎ》りが埋まった。

「あぁ……は、あ……」

「やっと、やっとあなたを抱けました」

上気した頬で微笑む仁科を見て、胸が甘く軋む。

俺も同じだよ。ずっとお前のことが好きで、近しい関係になりたくて——。

言いたいのに言葉にならない。ゆっくりと抽挿《ちゅうそう》を始めた熱根《ねっこん》に、声も思考もさらわれてしまう。とっくに潤《うる》んでいた後孔は仁科に食《は》みついて離れず、奥へ奥へと取り込もうとする。馴らされて引きだされた淫らな本能を自覚してしまい、息が乱れた。

「やばい。緒方さんのなか、すっごくとろとろで俺にしがみついてます」

「……っ、く」

いちいち報告しなくていいっと叫ぶかわりに、目の前にあった肩口に歯を立てる。その拍子にぐっと深く貫《つらぬ》かれ、「っあ」と声を上げて仰け反る。

「どうしよう。やさしくできないかもしれません。めちゃくちゃ好きです」

言葉にできない想いを伝えるように腰を打ちつけられ、眩むような快感が背筋に走る。

届かないとばかりに思っていた相手が興奮しているのを目の当たりにして、体よりも先に心が満たされた。必死になってしがみつき、仁科の与える快感を追う。

「俺も、好きだ……お前のこと。好きで好きで、たまんなくて……」

本当は願っていた。心の奥の誰にも見せないところで、ずっと。

好きな人に好きだと言って、抱きついてみたり、会いたい、いっしょにいたい、そんな言葉を素直に伝えられるような人になりたいと。

「うれしいな。俺も大好きですよ。緒方さんのこと」

「せ、性格が……捻《ね》じ曲がっててもか？　お前より年上で、同じ男でも……？」

「いまさらそれを訊きますか」

微苦笑した仁科が、額と額を触れさせてくる。

「緒方さん、気にしてるんですね。酔ってるときも同じようなことを言ってましたよ。俺はすべて込み込みで緒方さんのことが好きなので、不安にならないでください。美人で気が強くて、だけどときどき弱いなんて、かわいいだらけじゃないですか」

「仁科――」

そんなふうに思ってくれる人がこの世にいるなんて、想像したこともなかった。

うれしい、めちゃくちゃ幸せだ。湧きあがった思いのまま、頬をほころばす。たぶん体の奥も同じようにほころんでしまったのだろう。ほんの少し身じろいだだけで、ぐしゅっと湿った音が鳴る。

「聞こえました？　すっごくいやらしい音がしましたね」

「………」

いちいち言わなくていいと目で伝えたつもりだった。

が、仁科には通じず、「え？　聞こえたでしょう？　ほら」と、わざと水音を聞かせるように腰を使われる。

「待っ、ちょお……っ」

捏《こ》ねるような腰つきに沈殿《ちんでん》していた快楽がよみがえり、腰骨が溶け落ちそうになった。

潤みきった体の奥と、抜きだされては穿《うが》たれる雄根。どちらもが連れている熱に、体の内側から灼《や》かれてしまう。

「ひう、ぅ」

男の体でもこんなになるなんて知らなかった。求めてやまない仁科の雄に、理性も恥じらいもぐしゃぐしゃに攪拌《かくはん》される。甘くて濃厚な、四肢《しし》に広がる快楽の波。

だめだ、もう。喘ぎながら必死に仁科を抱き寄せ、貪《むさぼ》るように唇を合わせる。互いの乱れた息、絡む唾液、こめかみを滑《すべ》り落ちていく汗。何もかもが心を繋げた証のようで愛おしい。

「ぁ、あっ……無理、いくっ……」

「待って、もう少しだけ」

「んんっ、く……ぅ」

さらわれてしまう——。

生まれて初めて手に入れた宝物のようないまを、もっともっと味わっていたいのに、体の奥でうねり燃え立つ快感がそれを許さない。

「っん、出る……あぁっ、出る……うっ」

一段とスピードを増した抽挿に追い立てられ、目の奥で光が弾《はじ》ける。

いつか見た、イルミネーションよりも鮮《あざ》やかな光だ。とりどりの光に包まれるようにして白濁《はくだく》を噴きこぼす。まだ仁科は終わらない。最奥を抉《えぐ》るように何度も腰を使われ、ふっと意識が遠のいた。

「緒方さん――」

シーツから浮いた背中を、仁科が抱きとめる。

まるで体の奥に印を刻むかのように、熱情をそそぎ込まれる。肉壁にぶつけられた情液の勢いに余韻《よいん》を刺激され、緒方の肉芯もなけなしの露を散らす。

「はぁあ……ぁ、あ……」

「緒方さん、俺のものでいてください。ずっとずっと、大切にしますから――」

「に、……」

名前を呼びたいのに声が出ない。意識の輪郭《りんかく》がじょじょにぼやけていく。

ぐっと強く抱きしめてくる両腕は、緒方がいちばん欲しかったものだ。

恥ずかしくて誰にも言えなかった。言えばきっと笑われてしまうと思っていた。男だから。長男だから。

けれどいま、その腕のなかにいる。仁科とぴったり抱き合っている。

泣いてもいいだろうか。俺はとても幸せだ、と。


「いやあ、ほんまに皆さんにはお世話になりました」

泥酔した松島が上機嫌でしゃべっているのを上の空で聞く。

念入りに準備をしていたおかげで、香港でのコンベンションは無事に三日目――最終日の夜を迎えることができた。

さすがに三百以上のブースが集うと個性に溢れていて、緒方だけでなくチームメンバーの皆にとっても刺激になったと思う。今回のプランニングが成功したかどうかはまだ分からないが、バイヤーの反応は想像以上によいものだったので、松島ファームのぶどうやワインがアジアの国々に輸出される日も近いかもしれない。

三木《みき》の後釜《あとがま》とはいえ、いい仕事をした。

――が、いまは頭がまわらない。

「緒方さん、大丈夫ですか?」

不安そうな面持《おもも》ちの仁科に、力を振り絞《しぼ》って「ああ」とうなずく。

今夜は香港で過ごす最後の夜なので、打ち上げと称して松島とチームメンバーの全員で夕食をとり、飲み屋をはしごして、やっとホテルのエレベーターホールに辿り着いたところだ。

仁科以外のチームメンバーは早々にホテルに戻したので、最後まで松島に付き合ったのは、緒方と仁科だけ。松島に勧められる酒を断りきれず、緒方も結構飲んでいる。こっそり仁科がかわりに飲んでくれなければ、緒方は一軒目で裸踊りを披露《ひろう》していたことだろう。

「あ、松島さん。エレベーターが来ましたよ」

仁科が巨漢の松島を支え、エレベーターに乗り込む。緒方はとろんとした目つきで二人についていくのが精いっぱいだ。

「いやいや、コンベンションいうもんはえらい楽しいですな。いろんな産地のブースを見てまわることができて、ええ勉強になりましたわ。しこたまワインも飲めましたし」

「もし来年も参加されるのでしたら、ぜひまた私どもにお手伝いさせてください。今年よりも華やかなブースにしてみせますよ」

「ほんまですか？　ほな、こっちも気合い入れてぶどうを作らんとあきませんなぁ」

がははと笑う松島の酒くさい息が、エレベーター内にこもる。

匂いを嗅《か》いでいるだけで酔いがまわりそうだ。緒方以上に飲んでいるはずの仁科が、いつもと変わらない笑顔で松島の相手をしているのが信じられない。

エレベーターを降りた仁科が、「足許《あしもと》に気をつけてくださいね」などと言いながら、松島を部屋の前まで連れていく。やはり緒方はおぼつかない足取りで二人についていくことしかできない。ときどき仁科が振り返って、大丈夫ですか？　と訊きたげな視線を送ってくるのがうれしい。

やっと部屋の前に辿り着いた。

「松島さん、本日はお疲れさまでした。では私と緒方はこれで」

「いやいや、まだええでしょう。どないです？　私の部屋で一杯——」

「すみません、今夜はギブアップです。とても松島さんにはかないません」

なるほど、素直に白旗《しらはた》を掲《かか》げるというのもいい方法だ。冗談っぽく両手を上げた仁科に倣《なら》い、緒方も両手を上げる。

「あんたら、若いのにしょうがないですなぁ。ほな、今夜はお開きということで」

松島がポケットからカードキーを取りだす。それだけの動作で、ぐらんと巨体が揺れる。結局仁科が松島のかわりに部屋の鍵を開け、松島を支えつつ部屋へと入っていく。

しばらくして、仁科が苦笑しながら緒方のもとへ戻ってきた。

「松島さん、爆睡でしたよ。ベッドに寝かせた途端にいびきをかき始めて」

「…………」

そっか、と応《こた》えたつもりだが、声にならない。よろめいた緒方を仁科が抱きとめる。

「お疲れさまでした。最後の仕事が終わりましたね。もう無理しなくていいですよ」

「う……」

プランナーとしては、有意義な三日間を過ごせたと思う。

だが酒に弱い緒方個人としては、本当に大変な三日間だった。

ワインと蒸留酒のコンベンションで、酒を一滴も飲まないで終われるわけがない。仁科が何かと助けてくれなければ、いったいどんな三日間になっていたことか。

いちばん効いたのが今夜の酒宴《しゅえん》だ。たぶんちゃんぽんで飲まされたせいだろう。暑いわ、ふらつくわの二重苦で、自分の力で立っていること自体、信じられない。

緒方と仁科の部屋はここより十階下なので、またエレベーターに乗り、長い廊下を歩かなければいけないのだと思うと、気が遠くなる。できるだけまともな酔っ払いでいようと渋面《じゅうめん》を作り、仁科の肩を借りてエレベーターに乗り込む。

「大丈夫ですか？　背負いますよ、俺」

「馬鹿、人に見られたらどうすんだ」

「このホテル、コンベンションの関係者ばかりじゃないですか。酔っ払いしかいないから平気です」

エレベーターを降りると、仁科が「どうぞ」と背中を差しだしてきた。

本音を言うと、もう一歩も歩きたくない。一応辺りを見まわして、人気《ひとけ》がないことを確かめてから、体を預ける。

ひとたび背負われてしまうと、あまりの心地好さに顔がにやけた。

さっきまであった躊躇《ちゅうちょ》する気持ちが消えて、ぴったりと仁科の首に両手を巻きつける。

「緒方さん。今度の休暇は買い上げ申請《しんせい》をされてないんですよね？　何か予定を入れてます？」

「全然」

「だったらいっしょに旅行でもしませんか？　グアムとか」

「あ、行く。行きたい」

緒方が即答すると、「よかった」と仁科が笑う。

今回のプロジェクトはこれで終了だ。会社に報告書を提出すれば、五日間の休暇が始まる。休暇の買い上げはもうできないと会社に言われていたので、渋々消化することを決めていたのだが、今回は楽しい五日間になりそうだ。

白い砂浜に仁科と並んで寝そべったり、ホテルのプールで泳いだり、広いキングサイズのベッドでいちゃいちゃしたり――。

（そうだ。旅行の土産を持って正月は実家に帰ってみようかな）

実家と距離を置くことを、最近ほんの少し後ろめたく思うようになってきた。

仁科が緒方のすべてを受け止めてくれたおかげで、心が丸くなりつつあるのかもしれない。いまさらふつうの親子のように仲よくなれなくても、顔を見せるくらいならできそうな気がする。どうにも居心地が悪くて耐えられないようなら、土産を置いてとっとと帰京すればいい。

自分の思いつきに安堵したせいか、んふふとおかしな笑い声が洩れる。

「あれ？　もしかしてやばくなってきました？」

「やばいってなんやねん」

するっと関西弁が出たことにおどろいて、振り返った仁科と顔を見合わせる。

脳を経由せず、勝手に口から言葉が飛びだすような感じだ。そろそろもうひとりの緒方が騒ぎだす頃なのだろう。松島を部屋に送り届けてやっと仁科と二人になれたというのに、おかしな酔っ払いに登場されては困る。ぐっと強く、自分の耳たぶを引っ張る。

「仁科。俺はまだまだ素面だからな」

「どうでしょう。グラスに一杯以上はぜったい飲んでますからね、緒方さん」

「お前がだいぶん飲んでくれたやん。酔ってへんで、俺は」

「なるほど、来てますね。まだ脱いじゃだめですよ」

決めつけられたのが癪《しゃく》に障《さわ》り、がしっと仁科の耳たぶに噛みつく。うまく噛めなかったので、かわりにちゅうっと吸ってやる。

「押し倒せないところで誘うのはやめてください。ずるいです」

「誘ってへんって。ちゅるんとして美味しそうやったから食ってやっただけや」

「どういう屁理屈《へりくつ》ですか」

「屁理屈ちゃうし」

今度は反対側の耳たぶをはむっと食んでやる。仁科が声を立てて笑う。

「ねえ、どっちの部屋に帰ります?」

「んあ?」

「俺の部屋と、緒方さんの部屋。どっちがいいですか?」

今度は緒方が声を立てて笑う番だった。

「そんなもん、どっちでもええわ。どうせ俺は離れへんしな」

きっと今夜の記憶も朝になれば消えてしまうのだろう。背負われて部屋に運ばれたことだけは覚えていたい。ぎゅっと仁科にしがみつく。

「俺も放さないよ」

仁科がふいに振り向いた。

「今夜も明日も明後日《あさって》も、俺の腕のなかにいてください」

熱情のこもった眸を間近で見てしまい、頰がじんと熱くなる。おかげでいっそう酔いがまわったはずだ。記憶をなくすかどうかのボーダーラインに立っているときに、忘れたくない言葉を告げてくるのはやめてほしい。

「それな、明日の朝にもういっぺん言うてくれへんか？　酔うてる俺に言うのはあかんやろ」

仁科があははと笑って、緒方を背負い直す。

「了解です。また素面の緒方さんに怒られるところでした」

「せやろ？」

十二月のど真ん中にやってきた春が心地好くてたまらない。どうかいつまでもいつまでも、やさしい季節が続きますように。

緒方は仁科の背中に頰を預け、うっとりと目を閉じる。

# あとがき

AFTERWORD

―彩東あやね―

初めまして。このたびは「神さま、どうか口マンスを」をお手にとっていただき、ありがとうございます!

本作は、投稿サイト・エブリスタに掲載していたものを改題改稿したものになります。サイトを通じてたくさんの方に読んでいただけるだけでもうれしいことなのに、本にまでしていただけるなんて、こんなことってあるんだなぁ……と、あとがきを書いているいまも不思議な気持ちです。

アルコールが鍵となるお話ですが、実は私はほとんどお酒が飲めません。まだ二十歳そこそこの頃に飲みすぎて、居酒屋のトイレでへたり込み、動けなくなってしまったことがありまして。酔って気分が悪くなったというよりも、運動器官全オフ、感情も全オフの電池切れのような感じでした。自力で帰れないのは困るし、いっしょに飲んでいた友達にも迷惑をかけてしまったので、それ以降、飲みすぎないように気をつけるようになり、そうこうしているうちに体質が変わったのか、飲まない人ではなく飲めない人になりました。ちょっとさびしい……。

なので「楽しくお酒を飲んで、楽しく酔えて、ピンピンしている人」、すなわち運動器官も感情も全オフにならない人に憧れがあります。緒方《おがた》はどちらかというと「楽しくお酒を飲んで、楽しく酔えて、ピンピンしている人」になるのではないでしょうか（いっしょに飲んでいる人は大変でしょうが、あくまで本人はということで）。こんなに自分全開ではっちゃけることができたら、本人は最高に楽しいだろうなぁと思いながら、酔っ払いモードの緒方を書きました。全裸＋お盆が小道具のアノ芸とか、ぜったいやってそうです。そして仁科《にしな》は成功するまで延々見せられるとか。空中ブランコも（あれば）やりそう。読んでくださった方にどん引きされないことを祈ります。むしろ、引かないのは仁科だけだったりして（笑）。

　そんな二人のイラストを描いてくださったのは、みずかねりょう先生です。以前からみずかね先生の描かれるスーツ姿の男子が大好きだったので、みずかね先生に描いていただけるとお聞きしたときは、とてもうれしかったです！　お忙しいなか、拙作《せっさく》に華を添えてくださり、ありがとうございました。

　また、本作の文庫化に携わってくださった皆さま、サイトで読んでくださった皆さま、応援してくださった皆さまにも、心からお礼申し上げます。たくさんの方々にご尽力《じんりょく》いただき、一冊の本になりました。

　そして、この本を手にとってくださった皆さま。あとがきまでお付き合いいただき、本当にありがとうございます！　どうか少しでも楽しんでいただけますように。

二〇一九年　三月

この本を読んでのご意見、ご感想などをお寄せください。
彩東あやね先生・みずかねりょう先生へのはげましのおたよりもお待ちしております。

〒113-0024 東京都文京区西片2-19-18 新書館
[編集部へのご意見・ご感想] ディアプラス編集部「神さま、どうかロマンスを」係
[先生方へのおたより] ディアプラス編集部気付 〇〇先生

-初出-
神さま、どうかロマンスを：投稿サイト・エブリスタ掲載の「ラブポーション―恋はひそやかに―」を改題して加筆修正

[かみさま、どうかろまんすを]
# 神さま、どうかロマンスを

著者：彩東あやね さいとう・あやね

初版発行：2019年4月25日

発行所：株式会社 新書館
[編集] 〒113-0024
東京都文京区西片2-19-18 電話（03）3811-2631
[営業] 〒174-0043
東京都板橋区坂下1-22-14 電話（03）5970-3840
[URL] https://www.shinshokan.co.jp/

印刷・製本：株式会社光邦

ISBN978-4-403-52481-3 